悪党たちの日常

林　孝志
HAYASHI Takashi

文芸社

◇目　次◇

殺し屋の日常

第一章　殺し屋の日常

「どうだね」相手が訊く。

「どうもね」私が応える。

私達の会話は、いつもこのようにして始まる。

相手は、物慣れた経営コンサルタントのように私を見つめる。私の身体のどこかに異常がないかを確認する主治医にも似ている。

「原油価格の下落で、不利な状況にあるクライアントが出てきた」相手が言った。

「そうなのか」

「原油価格が下落したことか？　それとも不利な状況にあるクライアントが出てきたことか？」

「その両方だ」

そこで相手は溜め息ともとれる息を吐く。

「原油価格が下落したことは、テレビのニュースや新聞を見れば分かるぞ」

実は知っていた。それもかなりの興味を持って知っていた。しかし、彼のような専門家から言われると、今更ながらに痛感する、早く気が付けば良かったと。

「不利な状況のクライアントが出てきたのは、私の顔を見れば分かるだろう」

「俺は人相占い師ではない」

「それでも、表情から分からないか」

「俺は人の心は読めない」

相手は溜め息を、本当についた。

「原油価格が下落すると、どうなる?」私に問いかけた。

「輸入業者が有利になる。輸出業者もかな」

「その通り。しかしその一方で、パイプラインの使用料が下がる」

「パイプライン?」

「石油は街では採れないんだぞ。大抵は砂漠の中でだ」

「それを、輸出積み出し港に送るのに、パイプラインを使っているわけだ」私は、察しの良いところをみせた。相手は頷いた。

「原油価格の下落は価格維持を目的に供給を制限する。パイプラインで送る量も制限される。そのパイプラインの使用量が減れば、ラインを使用する料金も下がる。それによって影響を受ける株式や、投資信託が数知れず存在する」

実は知っていた。彼と全く同じ説明を、先日ある証券会社の幹部社員から聞いたばかりだった。

「それで、その影響を受けた株や信託の持ち主達に、どんなアドバイスをしたんだ?」

相手は鋭く私を見つめた。

「君は、私のクライアントではない」

「それはそうだが。専門家は真に必要な時に、専門家の意見を聞く」

「ギャビン・ライアルの引用はやめろ。それに言葉も間違っている。更に、君はこの方面の専門家ではない」

その通り。菊池光氏訳の『深夜プラス1』では言葉遣いが違っていた。だが、意味合いはほぼ同じである。

「少し上がりかけているので、もう少し様子を見ましょう」これは、私が聞いた証券会社の幹部社員のアドバイスだった。今、私が話している相手も、同じようなことを言ったのだろうか。

「クライアントに損をさせることは避けたい」相手は本音らしきことを言った。「と同時に依頼人の期待を裏切ることもできない」

ようやく、私の仕事の話になった。相手はいつも、本題に入る前にこのような話題を口にする。私もだいぶそれに慣れてきている。

「対象者だ」一枚にまとめられた情報をテーブルに置いた。

私はその情報を丹念に読んだ。氏名、年齢、住所、勤務先、その他諸々。

「終わったら、必ず返してくれ」相手はいつもの念を押す。以前に一度だけ、「俺が燃やせばいいんじゃないか。初期の頃の『スパイ大作戦』のように」と言ったことがある。

「このテープは自動的に消滅する」とテレビドラマではフェルプス君に語りかけていたが、それよりも前の作品では、フェルプス君がマッチでテープを燃やしていたらしい。

「君が燃やし忘れたり、燃やし損なうと言っているのではない」相手はその時、こう答えた。「自分で処理したいのだ。それが一番確実だ」と。

「依頼人は？」私は相手に尋ねる。

「君はいつも依頼人を知りたがる」相手がやや不愉快げに言う。

「知っていた方が、依頼人に不利益を被らせないで済む」これは私の数少ない仕事上の信条である。

「依頼人を知らずに仕事をする者は多い」相手は真剣に言う。私が何も言わないでいると、諦めたように名前を言った。

「理由は？」

「それこそ、知る必要がないんじゃないか。多くの者が理由には関心がない」

私が黙っていると、「私が納得できる理由を一つだけでいいから言ってくれ」と言った。

「知っていた方が、依頼人に不利益を被らせないで済む」これも私の数少ない仕事上の信条である。

相手は心底嫌そうな表情を浮かべて、理由を言った。「メモを取らないでくれ」

これも私達のいつも通りのやり取りなのである。

「前金だ」白い封筒に分厚い紙幣が入ったものをテーブルの上に置いた。私は中を検めもせず、上着の内ポケットに仕舞う。多くの者は報酬の金額に関心があるようだが、私はそうではない。仕事が終了した時点で、後金を受け取ることになっている。「前金だけ貰って、仕事をせずに雲隠れした奴はいないのか」これまた以前に一度だけ訊いたことがある。「フレデリック・フォーサイスの引用はやめろ。しかも、文脈が違っている」と鋭く指摘された。相手は、驚くほどの読書量を持っている。

私は、一枚の資料を折り畳んで、上着の反対側の内ポケットに仕舞った。

「起こり得る最悪のことは何だ?」相手が尋ねた。

「俺が警視庁からマークされることだ」

「それは絶対にあってはならない。日本の警察を甘く見てはいけない」

「疑われたら、二度とこの仕事はできない」私は応える。「まだ、引退できるだけの金を稼いでいない。ジャッカルは稼げそうだったが」

「これはフォーサイスの小説ではないぞ。しかも、ジャッカルは最後にドジを踏んだ」

フレデリック・フォーサイスの名著『ジャッカルの日』では、狙撃の場面で、ドゴール大統領が受勲者にキスをすることを予見せず、一発目を発射した。

「思うんだが、ジャッカルの失敗は、フランスに入国したあと日程調整をしたからじゃないのか」私も中学生の時、『ジャッカルの日』を受験勉強もせずに、二日で読み切った思い出がある。

「それを言うなら、フランスに入国してから、警告のメッセージを受け取った時に引き返すべきだったんだ」

成る程、そうかも知れない。引き返す勇気。ある小説家の、登山で吹雪の中キャンプの様子を描いた短編があった。『引き返す勇気』というタイトルで。

だが私の場合、引き返す理由はない。警告のメッセージは既に受け取っている。それも何回も。日本の警察を甘く見てはいけない、と。

「三週間後に」私が言う。

「いつものことだが、何故そんなに時間を掛ける?」相手が不思議そうに訊く。

「依頼人に不利益を被らせないで済む」

「分かったよ」相手は不機嫌そうに言う。「一枚の書類を必ず返してくれ」最後の念押しだった。

対象者の監視を初めて六日が過ぎた。

対象者は自宅から勤務先の会社まで、判で押したような行動を繰り返していた。自宅を出て、最寄りの駅まで歩き、ＪＲに乗って途中乗り換えをして、丸の内のビル群の中の一つに姿を消す。昼休みに昼食に出ることがない。少なくとも、十二時過ぎに対象者の姿を目撃していない。社内食堂か、地下のレストラン街で食事をしているのだろう。

対象者の勤務するオフィスのビルディングに入るのは、やや難しい。やってやれないこともないのだが、今は防犯カメラが完備していて、そこまでしてリスクを負うこともない。事が起こったあとで、もし防犯カメラに不審者として私の姿が映っていたら、それこそ、二度と仕事ができなくなる。

対象者の通勤退勤時に関しては、機会は幾らでもあった。電車の中、ホームでの待ち時間、最寄り駅までの歩道。

自宅の中は、機会としては可能性があるが、危険性も否めない。家族という目撃者をつくることになるからだ。目撃者となると、電車の中もホームも同様である。ただ、周囲に気が付かれないような方法はある。

都筑道夫氏の『なめくじに聞いてみろ』では、傘の先の針で仕事をする同業者が描かれていたが、これは確かに有効である。ただ肝心な点は、そんなに便利な傘などは無いことである。

私は、それに代わる道具を持ってはいる。一般の家庭でもある物で、市販もされている。

問題は、いつ、どこで、の項目に対する答えがなかなか見つからないことである。この答えを見つけるまで、監視を続けなければならない。

『ジャッカルの日』で、彼は依頼を受けてから、ドゴール大統領に関する図書を読み漁り、大統領のイメージを頭の中で描いていった、とある。

私の対象者は、大統領のように著名でも重要人物でもなく、従って厳しく警護されているわけではない。ごく普通の一般人である。機会はどこにでもあるように思われがちである。しかし、いざ事に及ぶ段になると、さまざまな障害が浮上してくる。監視をまだまだ続けるしかない。ジャッカルのように、いつと、どこでが、なかなか決まらないからである。

「どうだね」相手が訊く。

「跳ね返りは、無い」私が応える。

三週間前と同じ部屋で、私達はテーブルを挟んで座っている。

「書類を返してくれ」相手が言う。

私は黙って一枚の書類をテーブルに置いた。相手は、灰皿の上でライターを構えた。ダンヒルの洒落た物で、慎重に書類を燃やした。

「俺がコピーを取っているとは思わないのか？」

「ロス・トーマスの引用はやめろ。しかも正しくは、コピーなど取るな、という意味合いで遣われている」

その通り。『黄昏でマックの店で』で登場する南部出身の弁護士の台詞である。

「捜査本部は、物取りと怨恨の両面から聞き込みを始めている」相手は、淡々と報告口調で言った。言いながら、白く分厚い封筒を差し出した。私は中身を検めもせず、上着の内ポケットに納めた。

「捜査本部は、どこまで行き着けるかね？」私は好奇心から訊いた。

「怨恨の線は、最後まで行き着かないだろう。物取りの線が、見方として重きを置いていると思われる」相手の情報源が、かなりの点で信用できることを、私は経験上知っている。

「君が金目になる物を、全て持ち去ったことが、その根拠となっているようだ」

私は、確かに対象者の財布から小銭入れ、社員証や名刺入れに定期券、書類鞄まで持ち去っていた。

「捜査本部では、君が被害者の背広の襟をわざわざ広げて、刺したことを重く見ている」

相手は非難するような目付きで言った。流石、日本の警察を甘く見てはいけない。「プロの犯行とまでは見てはいないようだが」相手は刺すような目付きに変わった。「玄人の遣り口と見ているらしい」

正しい見方だ。私は対象者のスーツの上着の胸元を開けてから、アイスピックを心臓に達するように刺した。勿論、まずバールで対象者の頭部を確実に殴ってからである。路上に倒れた対象者の胸を、シャツを通してである。刺した後、スーツのポケットを全て確認した。そして、対象者のネクタイピンまで取った。ランバンのタイピンだった。それから、アイスピックを引き抜いた。その間、二分の時間だった。

私はトレーニングウエアーを着ており、夜のジョギングをする者に見えたであろう。当然、音のしないジョギングシューズを履いていた。従って、私が近づく足音は対象者には聞こえなかっただろう。頭部への一撃も、対象者が自覚したかは疑わしい。

本来なら、物取り強盗殺人に見せかけるべきなのだが、より確実に目的を達するには、ある程度の危険を覚悟しなければならない。だから、対象者の上着の胸元を開いて刺したのである。

「将軍達の言う、計算された危険とでも言うつもりか?」相手は興味深げに訊く。

「その台詞は、彼等が危うく勝ちを拾った時に言う言葉だと思っていた」私は応えた。

「君のその徹底した遣り方で、依頼人に捜査本部の嫌疑が懸かるとは思わないのか？」

「依頼人も、捜査本部の容疑者の一人に数えられているはずだ」私にもそれ位は分かる。

「その通り」相手は分かり切ったことをという目付きで言う。

「ある程度のリスクは、関係者全てが負うのは当たり前だとは思わないか？」私は尋ねた。

相手の応えは分かっている。なので、この台詞は私の独り言になる。これもいつものやり取りの一つである。

「依頼人は仲介者に金を払う。仲介者が私に依頼料と報酬を払う。君はその報酬を受け取る」

私の相手である経営コンサルタントと、依頼人の間にもう一人の人物がいることは、以前から気が付いていた。その人物は、幾らぐらい懐に入れているのだろう。

「他に訊いておくことは？」

「いつものように、二ヶ月は大人しくしていてくれ」

「連絡はする」私は言った。

「頼むから、捕まらないでくれ」相手は冗談には聞こえない口調で応えた。

第二章　殺し屋の戦術

「どうだね」相手が訊く。

「どうもね」私が応える。

いつもの会話から始まる。

「ヨーロッパでテロが頻繁に発生している」

「そうらしいな」

それ位は、私でも知っている。新聞も読むし、テレビのニュースも見ている。尤もニュースは、最後の天気予報が気になるので見ることが多い。その日の天気は、私の仕事に少なからず影響する。

「テロの影響によって、ＥＵの足並みが乱れている」

「そうらしいな」これも知っている。

「ＥＵの結束が弱まって、ヨーロッパ関連の資産が下がり気味だ」

「それで、あんたのクライアント達が困ったことになっているわけか」

相手は不愉快な顔つきで、私を見つめる。

「テロには屈しない。テロリストとの交渉はしない」私は、何人かの内外の政治家の発言を引用した。相手は、感心したように私を見た。

「その方針は正しいが、テロを予防することはできない」相手は言った。

「テロとは、極度の威嚇による政治活動だ」私は言った。

「ロス・トーマスの引用はやめろ」相手は鋭く言った。

だが、『五百万ドルの迷宮』で登場するテロリストの台詞だから、間違いはあるまい。

「テロとの戦いは、今や戦争の域に達している」相手はやや物憂げに言った。

「戦争とは、他の手段を以て行う政治の延長である」私が、ここぞとばかりに言った。

「クラウゼヴィッツの『戦争論』を読んでいるのか」相手は見直したよというように言った。相手の読書量は豊富で、広範囲に亘っている。

「要約本だ。全部ではないらしい」私は正直に言う。

相手は頷く。「問題は、日本でもテロが起こり得る事態になったことだ」

どうやら、私の仕事の話に近づいているようだ。「そうらしいな」

「東京オリンピックが、一番狙われやすい」相手は私の顔を鋭く見ながら言った。

「それによって、何が変わる?」私は訊いた。

「警備体制。出入国審査。職務質問。交通規制。身分証の携行業務」相手は歌い上げるように言った。

「そんなにか?」私はややげんなりして応えた。

「かつて、地下鉄サリン事件が起きた時、似たようになりかけた」相手が思い出すかのように言った。

覚えている。私がこの仕事を始めて十年経った春の出来事だ。

「あらかじめ戒むるは、あらかじめ備うるに等し」私が言った。

「フレデリック・フォーサイスの引用はやめろ。しかもその言葉は、世界中の軍事関係者が言うところのものだ。更に言えば、君はその方面の専門家ではない」

確かに。フォーサイスの『悪魔の選択』では、アメリカの統合作戦本部議長の将軍が言った台詞である。

「警察庁の警備体制は、既に強化されつつある」相手は報告口調で言った。

「警察庁？　警視庁ではなくて？」私は確認した。

「テロは、東京だけが目標とはならない」相手は私を哀れむように言った。

確かに。うっかりしていた。私の仕事では許されないことだが。

「警察庁の動向が、俺の仕事に影響するのか？」

「今すぐではない」相手の情報源は、警視庁のみならず警察庁にまで食い込んでいるらしい。「だが、気を付けるに超したことはない」そう言いながら、一枚の書類をテーブルに置いた。

「対象者だ」

いつものように、対象者の情報が事細かに記されている。私は丹念にそれを読んだ。

「終わったら、必ず返してくれ」これもいつものことだ。

「前回の事件が未解決のままになっている」相手は警告するように言った。「そのほかの事件も未解決のものが多い」

「そうなのか？」

「君の事件か？　その他の事件か？」

「両方だ」

「君の事件は、二ヶ月が経って捜査本部は物取り強盗の線に絞り、引き続き聞き込みをしている」そこで私の顔を見る。身体に異常がないかを確認する主治医のように。「その他の事件は、それぞれの捜査本部がそれぞれの方針で動いている」

「思うんだが」私は言ってみた。「もし、それぞれの捜査本部が、俺の事件も含めてだが、横の連携を取ったとしたら、どういう結論が出るだろう」

相手は頷く。「最悪の結論を出すだろう。日本の警察を甘く見てはいけない。いずれそうするだろう」

「と言うことは、まだその結論には達してはいないということだな」

相手はまた頷く。「さっきも言った通り、気を付けるに超したことはない。君に嫌疑がかかったら、私もただでは済まされない」

「依頼人は？」

相手は嫌そうな顔つきを見せた。だが私が黙っていると、名前を言った。

「理由は？」

相手は身をくねらすような仕草を見せた。「頼むから、私の納得できる言葉を言ってくれ」

「依頼人に不利益を被らせないためだ」

相手は諦めたように頷き、言った。そして「メモを取らないでくれ」と付け加えることを忘れなかった。


対象者を監視してから六日が経った。対象者は、自宅から勤務先の店舗に出勤するのに、判で押したような行動を取っている。自宅のマンションを出て、歩いてバス停まで行き、バスを降りると店舗の入っているビルディングまでまた歩く。昼食は、店舗の同僚らしき女性達と近くのレストランやビストロ、カフェに赴いている。私が店舗に入るのは容易だが、目撃者をつくることになるので、監視だけに留めている。

問題は対象者の帰宅時の行動である。対象者は、監視の一日目にはバスに乗らずに、少し先の私鉄の駅から電車に乗って、新宿に出た。駅東口の高野フルーツパーラーの一階、グッチのウインドーディスプレイの前で若い男性と待ち合わせをした。新宿での待ち合わせは、今やアルタの前ではないのかと、昔を思い出した。学生の頃、地方出身の同級生と「笑っていいとも」のビルの前、と約束したことがある。その場所は当時は物凄い人だかりで、相手を探すのに苦労した記憶がある。

対象者は、男性と腕を組んで「中村屋」のレストランに入って行った。食事後に洒落たバーに行き、その後は西武新宿駅の方面に歩いて行った。二人とも少し酔った感じに見受けられた。この界隈は少しであるがラブホテルが残っている。対象者の帰宅は、零時になろうとした頃だった。

二日目の退勤時は、今度は渋谷に向かった。渋谷と言えば待ち合わせは昔からハチ公前が定番だったが、対象者は東急１０９の前で、別の男性と待ち合わせをしていた。西武デパートのレストラン街にある「孝明」で食事をし、バルで酒を飲み、ラブホテルに赴いた。帰宅はやはり零時少し前。

三日目になると、私にもおおよそ見当が付いた。今夜の待ち合わせ場所は銀座だった。四丁目交差点の一角、服部時計店の一階ミキモトのウインドーディスプレイの前である。三番目の彼氏は上等の服装をしており、金も持っていそうな男性だった。マキシムド・パリで食事をして、会員制のバーで酒を飲んだ。その後は一流のシティホテルに入り、帰宅は零時少し過ぎ。

四日目は六本木で待ち合わせ。「アマンド」の前ではなく、俳優座の出入り口近くだった。お相手はかなりの美男子で、服のセンスも抜群であり、イタリアンの名店で食事をして、高級クラブで酒を飲んだ。次はシティホテルで、ご帰還は零時少し前。

五日目は、何処にも寄らず、待ち合わせもせず、七時に帰宅。マンションの窓の明かりが消えたのは十一時だった。

そして六日目である。こう多くの男性達と頻繁にデートをしている対象者に、近付くことはかなり難しい。対象者が男性達とタクシーで自宅マンションの前まで連れ立って来るからである。マンションのセキュリティは万全のようだ。対象者は、男性を自室には招じ入れてはいない。しかし皆、彼女がエレベーターに乗り込むまで見送っている。

例によって、いつと、どこで、が問題となった。消去法によれば、対象者が男性とデートをしていない日の夜、自宅付近ということになる。だが、もう少し監視を続けないと、彼女のデートの日程が確定しないのは明らかである。


「どうだね」相手が訊く。

「跳ね返りは、無い」私は応えた。

三週間後のことである。同じようにテーブルを挟んで座っている。

「捜査本部は、痴情の縺れか、物取りの両面の線で聞き込みをしている」相手の情報源の正確さには、内心舌を巻く。

「君が、対象者の持ち物全てを奪っても、物取り強盗より、派手な男性関係に関心が行くのは当然の結果だ」

それは監視の時から分かっていた。

「容疑者に四人の男が浮かんで来たか？」私は訊く。

「勿論」相手が頷く。そして、手を出す。

「書類を返してくれ」

私が一枚の書類を差し出すと、相手は受け取り慎重にダンヒルのライターで火を点けて、灰皿の上で燃やした。

「容疑者の四人のうち一人でも、検挙されることはあり得るのか？」私は訊く。

「まず、無いだろう。彼等にはそれぞれ現場不在証明があった」相手はそう言いながら、スーツの上着の内ポケットから白い封筒を取り出した。分厚い封筒で、これで数ヶ月間は遊んで暮らせる。

「もし良かったら、訊かせて欲しいんだが」おやおや、珍しいことがあるものだ。私が黙っていると、私が質問を許可したものと判断したらしく、「なぜ対象者の首に布状の物を巻いた？」

私は確かに、対象者の首にシルクのスカーフを巻き付けた。勿論、その直前に対象者の首筋に手刀を叩き付けている。昏倒した対象者に、持参したスカーフを巻き付けたわけである。私は相手が「布状の物」と呼んだのに、関心を持った。捜査本部が鑑識から「布状の物」と報告されているからに他ならない。

「捜査本部は、被害者の首に二種類の傷跡があることを重く見ている」相手がここだけ「被害者」と呼んだのが、興味深い。

「またしても、玄人の犯行だと疑っているのか？」

「当然だ」

「玄人でなくても、スカーフで首を絞めることはできる」

「だから、その前の手刀の痕に関心があるはずだ」

成る程、そういうわけか。

「戦術は、戦場において最大のリスクに挑戦し、最大の勝利を獲得するためにある」私は最前の相手の質問に応えるかたちで応えた。

「君は『戦争学』を読んでいるのか」相手は、心底感心した口振りで呟いた。

松村劭氏著の『戦争学』は、私が現在の仕事に就く前に、大人になって最も影響を与えられた著作である。それにしても、相手は私の読んだ本を、全て読んでいるらしい。勿論、私以上に本を読んでいることは間違いない。

「私としては、君が最大のリスクに挑戦するのに反対はしない」相手は真剣に言った。

「ただ、依頼人に嫌疑がかかることだけは、できるだけ避けたい」

「こういう件では、関係者全員が、ある程度のリスクを背負うものだろ？」

「その通り」相手は溜め息とともに言った。

「二ヶ月間は大人しくしていてくれ」

「連絡はする」私は応えた。

「頼むから、逮捕されないでくれ」相手はその言葉で会話を締めくくった。

第三章　殺し屋の哲学

「どうだね」相手が訊く。

「どうもね」私が応える。

いつも通りのやり取りで、会話が始まる。

「為替市場では円高ドル安が進んでいる」

「そうなのか」そういえばテレビのニュースの最後にそうアナウンサーが述べていたような気がする。天気予報の前にだ。天気予報は注意して見ている。天気は私の仕事で少なからず影響を与えるからである。

「このまま円高が進むと、クライアントに損益が生じる恐れがある」相手は深刻な表情を浮かべながら、私の身体を眺め回す。相変わらず、主治医のように。

「円高は、有利なことではないのか？　例えば海外旅行者には得なはずだ」私は何回も海外旅行をしている。勿論、本名のパスポートで。

相手は頷く。「円高で利鞘を稼いでいるのは一部の投資家だけだ。その君の言う、海外旅行者を除いては」

「輸入業者はどうだ」

「その輸入業者もだ」相手は出来の悪い生徒を前にした教師のように、辛抱強く言う。「いくつかの例外を除くと、現時点において円高は私のクライアントに深刻な打撃を与えかねない」

私は思い出して言った。「儲かる、儲からない、で言えば」私は続ける。「戦争ほど儲からない事業はない。しかし、戦争に備えなければ、もっと儲からない」

「『戦争学』からの引用はやめろ。しかも、その言葉は古代アテネの人々の言ったものだ」

相手が鋭く、威圧するように言った。

「俺が言いたいのは、何か代案は無いのかということさ」私は強がって言った。「例えば円高に対してね」

相手は感心した振りをして、頷く。「無くはない」

「優れた戦略は、常に代替目標を持つ作戦線を選べ」私は言った。

「リデル・ハートの引用はやめろ。君はハートの『間接近接戦略』を読んでいるはずがない。ましてやその方面の専門家ではない」相手が苦々しげに言った。

「だが、リデル・ハートはクラウゼヴィッツ以上に様々な本で引用されている」

「確かにその面はある」相手は不承不承に言う。だが、実際はクラウゼヴィッツの方が引用は多いようである。相手もそのことは知った上での会話である。

「実は、俺なんかも利用しているんだ」私は告白する。

「何をだ?」相手は身構えるように訊く。

「いかなる時でも、次善の策を用意することを、そこから学んだ」

「リデル・ハートから?」

「クラウゼヴィッツよりもね」私が言う。実際、リデル・ハートの方がクラウゼヴィッツより時代的に新しい理論家である。

「君が、真の読書家であることは認めるよ」私より遙かに多くの読書量を誇る相手は、そう言って一枚の書類をテーブルに置いた。

「対象者だ」相手が言った。

私は素早く、全ての情報を読む。

「終わったら、必ず返してくれ」いつもと同じ台詞である。

「依頼人は?」

相手は渋々、名前を言う。

「理由は?」

相手は「いつも同じことを訊かなきゃならないのかね」と訊く。

「依頼人に不利益を被らせないため」

相手はうんざりしたように、言った。そして「メモを取らないでくれ」と言った後、白い分厚い封筒を差し出した。

私は尋ねた。「利害の衝突という言葉があるな」封筒をそのまま上着の内ポケットに入れた。

相手は鋭く私を見つめた。「何が言いたい?」

「依頼人に不利益を被らせないために、必要になる言葉だ」

「確かに」相手は頷く。それからおもむろに言った。「書類を返すのを忘れないでくれ」

対象者を監視して六日が過ぎた。

対象者は一戸建ての住宅に住み、週日は自家用車で職場のあるビルディングに赴いている。自営業で、昼休みはビルから出て来て、近くの定食屋や蕎麦屋で食事をすることもあれば、店屋物を注文することもある。対象者が自家用車で通勤していることが、事を面倒にしている。機会が極端に少なくなっているからだ。前回の仕事はある意味で、楽だった。限られていたが、機会は確実に存在していたからだ。今回はそれが無いように思えるのだ。もう少し監視を続けないと、その機会を見つけることは難しそうである。私は、経験によって待つことの大切さを学んだ。いつ、どこで、の項目の答えは、一週間ほどの監視ではそうそう見つけ出せない。


「どうだね」相手は訊いた。

「跳ね返りは、無い」私は応えた。

三週間後の、いつもの部屋でのいつものやり取りから始まった。

「捜査本部は、怨恨と物取りの両面から聞き込みをしている」いつもの情報源からの報告を言う。

「怨恨？」私は初めて聞く言葉のように問い返した。

「そう、対象者はその職業の性質上、他人から恨まれていた節がある」

そういうことか。これだから、利害の衝突には配慮しなければならない。

「何か言ったか」

私は思わず、独り言を呟いていたらしい。私は首を振った。

「書類を返してくれ」相手は手を差し出す。

私が書類をポケットから取り出して相手に渡すと、ダンヒルのライターで火を点け、灰皿の上で燃やした。

私は対象者が自宅に戻り、自家用車を降りた瞬間を襲った。金属バットで昏倒させ、果物ナイフで心臓を一突きにした。今回は対象者のスーツの上からである。そのあと対象者の持ち物全てを奪い、ナイフを抜いた。私はいつものようにトレーニングウエアを着込んでおり、ジョギングシューズを履いていた。今回は野球帽を被り、バットケースを肩に襷掛けしていた。果物ナイフは死体に刺したままでも問題ないと思ったが、危険を承知で持ち去った。日本の警察を甘く見てはいけない。現場に残された凶器から容疑者が判明することは、人が思うほど少なくないのだ。

「依頼人に、捜査本部の嫌疑が懸かっているのか？」私は訊いた。

「今のところ、無い。依頼人の捜査本部に於ける容疑者リストの順位は、かなり下の方だ」

　そう言いながら、白く分厚い封筒を取り出した。

「いつも思うんだが」相手は言った。「君は封筒の中身を検めないいんだな」

「家に帰ったら、検めているよ」私は当然のように応え、封筒を上着の内ポケットに入れた。

「札が足りないかも知れないと思ったことはないのか？」

「何故？」私が不思議に思って尋ねる。

「成る程。信頼関係か」

「あるはずのものを、その場で確かめるような面倒はしない」

「その面倒を嫌う者が、いつも三週間ぎりぎり一杯を、仕事に費やす」

「それが、俺のやり方だから」

「第二プランを用意するためにか」相手は先日の会話を覚えている。リデル・ハートの『間接近接戦略』の件だ。

「優れた著作は、ためになる」私は正直に言った。「己を知り、相手を知れば、百戦危うべからず」

「孫子を引用するのはやめろ」

とは相手は言わなかった。私をまじまじと見つめていた。

「その通り」相手は深く頷いた。

「二ヶ月は大人しくしていてくれ」

「連絡するよ」私は言った。

「そして頼むから、逮捕されないでくれ」相手は話を締めくくった。

第四章　殺し屋の憂鬱

「どうだね」相手が訊く。

「どうもね」私が応える。

いつも通りのやり取りで、会話が始まる。

「我が国の安全保障上の義務がまた一つ増えてしまった」相手は嘆かわしいという口調で言った。

「そうなのか」私は訊く。そういえばテレビや新聞に、それに関する情報があったことを思い出す。集団的自衛権とかなんとか。

「テレビや新聞に出ているぞ」相手が非難するように言う。

「危険水域への自衛艦の派遣だろ」私は勘のいいところを見せようとする。

「それは以前からやっていることだ。憲法に抵触するか否かは、法律学者に任せるとして」相手は私の時事問題の理解能力を推し量るように言った。

「紛争地帯の更に危険区域での、自衛隊の活動だ」

それも、以前から行っているような気がするが、取り敢えず黙っている。

「こうも自衛隊が海外で活動し過ぎると、私のクライアントが不利益を被る」

相手の表の職業は、経営コンサルタントである。裏の職業は周旋業。

「自衛隊でか？」

「世の中、複雑怪奇だ。現象と原因が分かりにくくなってきた」

「そうなのか」

「国際情勢と政治と経済は直結している。例えば、もうすぐ消費税がテンパーセントに跳ね上がる」

「消費税が無かった頃が懐かしいよ」私は消費税導入の頃、既に社会人だった。

相手は鋭く私を見つめた。

「テンパーセントでは不利益を被るクライアントがいるんだ」

「で、どんなアドバイスをするんだ？」

相手は穴の開くほど私を見つめた。

「君は私のクライアントではない」そう言いながら、一枚の書類をテーブルに置いた。

私は素早く目を通す。対象者の氏名、年齢、職業、住所、その他諸々。

「必ず返してくれ」相手はいつもこの場面で同じ台詞を言う。「この情報にも金が掛かっている」これは初耳だ。

「そうなのか」

「世の中で、一番金の掛かる物は何だ?」

「人の命を除いてか?」

「人の命を除いて」相手は頷いて続ける。「情報に決まっているだろ」自分で自分の問いに答えた。

「そう言えば」私は思い出して言った。「恐喝王ミルヴァートンが情報で儲けていたな」

「アーサー・コナン・ドイルを引用するのはやめろ。『第二の血痕』も含めて」相手が鋭く言った。相手はホームズ物語の著作者名を正確に言って、私が引用しなかった短編まで言い当てた。どちらの作品も情報もしくは手紙がキーポイントになる短編で、世界中の読者が知っている。

「それを言うなら、『海軍条約事件』も含めないと」私が負けずに言う。

「その通り」相手は頷く。「君はシャーロキアンだったのか?」

「何冊かの関連本を読んだに過ぎない」私は応える。ロンドンのホームズ博物館には行っていない。

相手は白く分厚い封筒を私に差し出す。前金である。後金は事が済んでから頂戴する。

「ホームズ物語では、スパイは大抵捕まってしまう。恐喝者は殺されるが」私は言った。

相手はもう一度頷いて言う。「愛人に殺されたスパイもいたな」相手の読書量と記憶力には、脱帽するしかない。

「スパイと言えば」私は続けた。「諜報の世界では」ここで相手に遮られた。

「ギャビン・ライアルを引用するのはやめろ。それに君は、諜報活動に携わる者でもない」私はマクシム少佐シリーズの有名なフレーズを言えなくてむくれた。「私が知っているということを彼が知っていることを私が知っているということを彼は知っているだろうか」。シリーズ第四作『砂漠の標的』である。

「依頼人は?」

相手は嫌々、名前を言う。

「理由は?」

ここで相手は決まって抵抗をみせる。しかし、私は動じない。

相手はやむを得ないという感じで、言ってから、「メモを取らないでくれ」と続けた。

「君は」相手はここで言葉を切った。「その書類を忘れずに返してくれれば、それでいいんだ」そう言って話を結んだ。


監視を始めて六日が経過した。対象者の日常はさほどの変化は見受けられない。朝、自宅を出て、歩いてJRの駅に行き、電車で東京駅まで行き、大手町のオフィス街の一角を占めるビルディングに姿を消す。昼休みになっても、表に姿を見せない。夜になって、ようやく姿を現し電車に乗って自宅最寄り駅まで帰り、後は歩いて自宅のマンションに帰宅する。寄り道はしない。飲み仲間もいない。不倫相手もいない。対象者が酒をあまり好まないことは、一枚の情報からも分かっていた。この六日間中五日は全く同じ行動を繰り返していた。

私は、以前の対象者を思い出していた。電車内でも、ホームでも、帰宅途中の歩道でも、機会はある。あの時と同じだ。しかし、同じ手口は使えない。日本の警察も甘く見てはいけない。もう少し監視を続けないと、決断が下せない。私は憂鬱な気分になった。

「どうだね」相手が訊く。

「跳ね返りは、無い」私が応える。

「書類を返してくれ」相手が手を差し出す。

私が上着の内ポケットから取り出して、相手に手渡す。既にダンヒルのライターがその反対の手に握られていて、すぐに灰皿の上で燃やされる。いつも通りの儀式である。

「捜査本部は、物取りの線で聞き込みをしている」いつもの情報源からの報告である。相手はその情報源に幾らの金を支払っているのだろう。

捜査本部は警視庁管内のあらゆる警察署内に設置される。今現在、一体幾つの捜査本部が活動しているのか。私が関わった事件も含めて。

「あんたの情報源は、警視庁のキャリア組か？」そうでなければ、それぞれの具体的な捜査活動状況を知り得ることは不可能である。

「君は、知らなくていいことまで、知りたがる」相手はさほど嫌そうではなく言った。

「そういうたちなんだ」

「君がたとえ、そのことを知ったとしても」相手は真面目な表情で続けた。「君の仕事に何の影響も及ばない」

「ホームズのように？」ホームズは、ワトスンから地球が太陽の周りを公転していることを教わり、その情報をすぐに忘れるようにする、と告げた。

「アーサー・コナン・ドイルを引用するのはやめろ」相手は鋭く言った。「その場面で、ホームズは自分達が月の周りを回っていたとしても、自分の仕事や生活に変化はない、と言っているぞ」相手は『緋色の研究』を引用した。私には引用させないで。

「俺はホームズじゃない」私が呟いた。

「大抵の人間がホームズにはなり得ない」相手は分からせようと穏やかに言った。「先程の君の質問には、沈黙を以て答えることもできるが」相手は続けた。「警視庁の関係者とだけ言っておこう」

「今、気付いたんだが」私は先日に気付いたことを口にする。「アーサー・コナン・ドイルは、サーを付けるんじゃなかったのか？」

相手は鋭い目付きで言った。

「君も知っているように、サーの称号は大英帝国の勲爵位の呼称で、リデル・ハートも受勲している」

知っている。私は、相手がイギリスでも英国でもなく、大英帝国と言ったことに興味を持った。「サー・リデル・ハートとは聞かないな」私は応えた。

「日本ではね。外国の称号で以て著作者に敬意を表さなくても、正確な呼称は敬意を生む」

その通り。

「捜査本部では、遺体に残された頬の傷に関心を持っている」相手は言った。

私が殴った傷跡である。私は対象者の正面からいきなり殴りつけた。砂の入った靴下で。三回殴って昏倒した対象者の喉の静脈を千枚通しで刺して、それから持ち物全てを取り出した。書類鞄と一緒に、後で処分すべき物は処分した。対象者はアルマーニのネクタイはしていたが、ネクタイピンをしていなかった。ネクタイも持ち帰った。

「怨恨の線は浮上しなかったのか?」

相手は頷いて、言った。「利害関係での線はある」誰それの死で、得をする者は誰か。

「依頼人に嫌疑が懸かる危険性はあるのか?」私は訊いた。

「依頼人には、現場不在証明があった」相手は少しだけ安心させるように言った。そして、いつものように白く分厚い封筒をテーブルに置いた。

「訊いてもいいか」珍しいことだ。相手が承諾を求めるのがである。

「何だ」

「君は今回も何故、細長い凶器を使ったのだ？」

そのことか。約十ヶ月前の仕事の際、使用したのはアイスピックだったが。

「戦闘教義とは、広く応用性がある合理的な一つの戦い方を言う」

相手は『戦争学』からの引用はやめろ、とは言わなかった。

そこで、私は続けた。「俺には応用性があっても、何回も使うわけにはいかない理由があるからな」

「凶器の共通点か？」

「俺としては、連続殺人事件として、扱われたくはない」

「だが、今回は敢えてその危険性を犯したのか？」

「俺は将軍達と違って、幾つかの戦闘教義を持っておきたいと思っている」私は続けた。

「以前あんたが指摘した、つまり捜査本部が関心を持ったという背広の襟を広げず、刺す場所も変えた」

「成る程」相手は必ずしも納得したような口調ではなかった。

私は白く分厚い封筒を上着の内ポケットにしまいながら、いずれ話題にしなければならないことを話題にしようとした。

「俺達のような存在を、警視庁もしくは警察庁は把握しているのか？」

相手が頷く。「今はまだかも知れないが、いずれそのうち誰か優秀な警察官が気付くだろうね」その答えを聞いて、私は憂鬱になる。日本の警察を甘く見てはいけない。

「だから、今回は三ヶ月間は大人しくしていてくれ。君の関わった事件はまだ捜査本部を解散してはいないのだからな」

今まで二ヶ月間だったのが三ヶ月になった。

「連絡するよ」私が呟く。

「頼むから、逮捕されないでくれ」そう言って、相手は話を締めくくった。

第五章　殺し屋の歴史学

「どうだね」相手が訊いた。

「どうもね」私が応えた。

以前に会ってから、四ヶ月後のことである。相手は、三ヶ月は大人しくしていろ、と言ったのに、更に一ト月私を大人しくさせていた。

「イスラム国が、また人質を殺害した」

「そうだな」

「アルカイダが勢力図を塗り替えようとしている」

「そうなのか」

「タリバンは攻勢を強めている」

「それが、日本の投資家に悪影響を及ぼしているのか？」

相手は嫌な表情を浮かべながら頷いた。

「ここで、誰かの引用はしないでくれ」

「そんなつもりはないが」私は今思いついたように言った。「あんたが言った組織はみなテロ組織だな」

相手は私を見つめることで、話を続けさせた。

「有志連合は、それらの組織に効果的な打撃を与えていないようだな」

相手は皮肉な様子で応えた。

「君が、ごく普通の一般人より軍事に詳しいことを忘れていたよ」

いや、相手は忘れてはいない。諸々のことを忘れないことが、相手の特質であることを、私は経験上知っている。

「君が今、口にした組織のことだが」相手はそこで息を継ぐ。「君はそれらをまとめてテロ組織と断じた」

「違うのか?」

「本人達は、そう思っていると、君は考えるのかね? 自分達はテロ組織だと」

相手の言わんとしていることが、分かりかけてきた。

「自分達は、ジハードを戦っていると思っているだろうね」

「その通り。彼等にとっては聖戦だ。勿論、テロと決めつけられても、それが何だと言うだろうね」

相手は考えをまとめるように、ゆったりとした口調で話を続けた。

「彼等には、彼等なりの大儀がある。そして、立場の違いから呼び方も自ずから異なる」

「どう?」

「第二次世界大戦中、ドイツに占領されたフランスでは、レジスタンスが組織された」

「自由フランスを大儀として」私は応えた。

「自由フランスを大儀として」相手は鸚鵡返しに言った。「その活動は、要人暗殺、軍需施設の破壊、サボタージュ、連合国軍捕虜の脱走の支援、と多岐にわたった」

「そして、成功した」

「英国の特殊作戦執行部の援助を受けて」相手がイギリスと言わないで、英国と言ったことに私は興味を抱いた。相手は私の思惑に関係なく話を続けた。

「しかし彼等の、彼等はマキとも呼ばれていたが、その勇敢な活動は、ドイツ側からすればテロ以外の何ものでもなかったはずだ」

「成る程」私は感心する振りをする。「フランスからすればレジスタンスで、ドイツからすればテロリストか？」

「立場の違いから、と言ったのはそこのところだ。これはある評論家が言った言葉だが、レジスタンスからゲリラへ、ゲリラからテロリストへ、とある意味で道は繋がっているそうだ」

「その評論家は、パルチザンを忘れているぞ」私は指摘した。

「その通り。つまりは、組織の呼び方は、呼ぶ者の立場によるという普遍性を覚えておくことだよ」

「普遍性？」

「例えば、我々がマフィアとして知っている組織も、自分達ではコーザ・ノストラと称している。ユニオーネ・シチリアーノと呼ぶ場合も多い」

「ナチスのことを、本人達はそうは呼ばなかったのと同じことか」

相手は頷いた。「ＮＳＤＡＰ。国家社会主義ドイツ労働者党」

まったく、相手の博覧強記には慣れているつもりでも、心底感心してしまう。

「ナチスが話に出たから言っておくが、彼等が政権を取ったのは、選挙という民主主義の原理原則に基づいた方法によるものだった」

「正しかるべき正義も、時にめしいることがある」私は思わず言った。

「『逃亡者』のナレーションを引用するのはやめろ」相手が鋭く言う。そしておもむろに一枚の書類をテーブルに置いた。「終わったら、返してくれ」

私は、書類の情報を事細かに読む。対象者に関する、有益な情報である。

「依頼人は?」

「やれやれ」と呟きながらも、相手は名前を言った。

「理由は?」

「私がその問いに答えなければならない理由を、一つでいいから言ってくれ」

「依頼人に不利益を被らせないため」

「分かったよ」相手はさもうんざりしたように呟いてから、言った。「メモを取らないでくれ」

「ナチスはどうして選挙に勝ったんだろう?」私は訊いた。相手の考えを知りたかった。

「宣伝と公約と強力なリーダーシップだ」

「それで当時のドイツ国民は、ナチスに投票したのか」

「国家社会主義ドイツ労働者党にだ」相手は白く分厚い封筒を取り出し、私に渡した。「実際に政権を取ってから、公共事業で失業者を減らし、国民がフォルクスワーゲンを乗り回せるようにした。アウトバーンもその時に建設された。そしてベルリン・オリンピックだ」

私は封筒を上着の内ポケットにしまって、言った。「そしてユダヤ人や当時はジプシーと呼ばれていたロマ達を迫害し始めた」

相手は頷いた。「実際は、政権を取る前から、ヘイトスピーチは行っていた。それでもドイツ国民の大半は、現実の半分しか見ることができなかった」

「日本もそうだった」

相手は何とも言えない呟きを漏らしてから言った。「書類を返すのを、忘れないでくれ」

会話の終わりの言葉である。

対象者を監視して六日が過ぎた。

その間、対象者は例外はあるが、ほとんど自宅に籠もっていた。その住宅は、木造二階建ての注文住宅で、門扉と玄関の前に少しの庭があった。その庭の南側の片隅に犬小屋があった。犬はグレートレトリバーで、薄茶のような毛色をしていた。犬には詳しくないので、それが大型なのか中型なのか私には分からない。年齢も見た目には不詳である。対象者が犬を飼っていることは、情報にもあったが。

その情報を読んだ時から、今回この犬をどう扱うかが、仕事のポイントになるような気がしていた。監視をし始めて、益々その感が強くなった。

対象者は日に一回、夕方に犬を連れて散歩に出かける。決まって五時。三十分程で自宅に戻る。その散歩コースは一定している。途中でコンビニエンスストアで買い物をする。その散歩以外は、外に出ない。朝、昼、晩の食事はどうしているのだろう。コンビニの食品だけでは足りそうにもない。そう思っていたら、今日になって宅食会社とスーパーの宅配便がやって来た。食事のために外出しないわけである。

これでは、犬の散歩の時を狙うしかない。あとは自宅に侵入するか。警備システムは備わってはいない。しかし、犬がいる。睡眠剤を混入した肉を喰わせて眠らせる手口が、小説やドラマでは主流だが、睡眠剤は医師の処方箋がなければ薬剤師や薬局は販売しない。いつ、どこでが、またしても決まらない。もう暫く監視を続けなければならない。

「どうだね」

「跳ね返りは、無い」

三週間後の、いつもの部屋のいつものやり取りから会話が始まった。

「捜査本部は、物取りと遺産相続に関わる線の両面から聞き込みをしている」

遺産相続が問題視されるのは、対象者の自宅に侵入した時に気が付いた。なかなか立派な家具や食器があったし、古いがこじ開けるには時間と手間がかかる金庫もあった。だが、対象者が資産家であることは、情報にも明記してあったことだ。

「書類を返してくれ」相手の手には、ダンヒルのライターが握られており、もう片方の手で書類を受け取ると、灰皿の上で慎重に燃やした。いつもの儀式。

「聞いて良ければ」相手が私の頷くのを見て、続けた。「なぜ、自宅に侵入する危険を犯したんだ？」

「対象者は日に一度、犬の散歩に出歩く以外に、外へは出ない」

相手は頷いた。

「その、夕方の散歩を狙うには、目撃者を何人かつくる危険性があった」

「自宅に侵入するよりも？」

「そうだ。危険度から言えば、自宅に侵入する方がその度合いは低かった」

「警備会社に知られたら？」

「あんたも知っているように、あの家には警備システムはない」

答えを知っていながら相手は質問をしている。そのことを私も知っている。

「もし、システムがあったとしたら？」相手は白く分厚い封筒を取り出す。

「もう一週間監視を続けたろうね」私は封筒を受け取り、上着の内ポケットにしまう。

「その家には犬がいたな。犬が吠えたらどうするつもりだったんだ？」

「犬は何もしなかったんだが」

「アーサー・コナン・ドイルの引用はやめろ」相手は鋭く言った。「それが不思議な行動だというホームズの台詞も聞きたくない」

「ドッグフードをやっておとなしくさせたんだ」私はシャーロキアンの間で有名な台詞が言えたので嬉しくなって、手の内を明かした。

「そんな簡単な手か。犬は飼い主からの餌しか喰わないんじゃないのか？」相手は驚きの表情を浮かべる。

「一般にはそう信じられているし、実際そのように躾けられている飼い犬も多い」

「対象者の犬はそうではなかったのか」相手はさかんに頭を振っていた。

「元々グレートレトリバーはおとなしい性質の犬だ」私は事実を言った。

犬小屋にドッグフードを蒔いてから、私は住宅の裏に回り、風呂場の窓ガラスを切り取り、鍵を外して侵入した。そして居間にいた対象者の頭部にスパナで一撃を加えた。対象者は私が部屋に侵入したことにも気付かなかった。倒れた対象者の口と鼻をガムテープで塞ぎ、手足を持参したロープで縛った。それから家の中を物色し、物取り強盗なら目を付ける物を頂戴して、侵入経路から外に出た。その間十五分。

「捜査本部では、被害者は口と鼻が塞がれたことによる窒息死として断定した」

私は相手が被害者と言ったことに気付いたが、黙っていた。我々にとっては対象者と呼ばれても、捜査本部やマスメディアには被害者と呼ばれるだろう。世間一般からも。

「遺産相続人に捜査本部の嫌疑が懸かっているんだな？」

「だが、相続人には現場不在証明があった」

「ｃｕｉ　ｂｏｎｅ？」

「アントニイ・バークリーを引用するのはやめろ」相手は鋭く言った。「それによって、誰が利益を受けたのか、などという台詞もだ。第一、君の発音は間違いだらけだ」

間違いだらけでも、相手には通じたわけだ。

「当然ながら、最も利益を受けた者が最も嫌疑が重くなり、なのに現場不在証明があるとなると、捜査本部はどう考えるか？」

「依託殺人」

「先日も、ここで話し合った通り、未解決の殺人事件で、最重要容疑者も含めて数人の関係者達に現場不在証明がある。利益を受けた者にだ」

「俺達の存在はやがて明るみに出るんだったな」

「日本の警察を甘く見てはいけない」それから警告するように言った。「四ヶ月は大人しくしていてくれ」

「連絡するよ」

「頼むから、逮捕されないでくれ」

第六章　殺し屋の切り札

「どうだね」

「どうもね」

最後に会ってから五ヶ月が過ぎていた。あの時、四ヶ月は大人しくしていろと言われたにもかかわらず、更に一ト月大人しくさせられていた。この分では、やがて半年は大人しくしていなければならないことになるだろう。

「EUでまたしても騒動が持ち上がった」相手は上等のスーツを着て、フェラガモのネクタイをきちんと締め、ダンヒルのタイピンで留めている。

「そうなのか」私には、どの騒動をさすのか、今一つ分からなかったので、そう応えた。

「所謂パナマ文書の暴露騒動のことだ」相手は、私が話題に付いて来ているのかを確認するかのように、鋭い視線を投げかけた。

「タックスヘイブンのことか?」私が勘のいいところを見せようとした。

「租税回避地の利用者の暴露は」と相手は敢えて日本語を遣って見せた。「英国の一部投資ファンドの信用を著しく傷付けた」相手は国際経済専門家のように話す。実際には、経営コンサルタントを営んでいる。

「英国の火種はEU全体に広まるのは、火を見るよりも明らかだ」相手は駄洒落を言っているようではなかった。

「不思議に思っていたんだが、あんたは英国といつも呼んでいるね。イギリスとは言わずに」

「当然のことだ。イギリスはイングランドのことを指す呼称で、かつての大英帝国の一部に過ぎない。スコトランドや、ウエールズ、北アイルランドのように。だから英国と呼ぶべきだ」

「成る程」

「その英国も、燃え上がった炎を初期消火できなかった」

「その火が日本の投資家にも飛び火しているのか?」

「既に炎上中だよ」相手は、さかんに首を振っている。「こうなることは、初めから言われていたことなのに」

「何がだ？　いや何をだ？」

「租税回避地を利用することをだ」相手は、私の問い掛けを正確に理解して応えた。「各国の法律の網の目を抜ける手法は、極めて危険なことだということがだ」

「成る程」私は相手が法律の網の目と表現したことに興味を持った「初めから言われていたことなのに、と言うのは想定内ということだな」

「その通り。にも拘らず、彼等は租税回避地を利用したがる」相手は嘆くように言う。

「人間は」私が言おうとすると、相手は興味津々という表情を見せた。「君が、人間を語るとはね」

「人間は、必ずしも人の忠告に耳を傾けるとは限らない」私は相手の揶揄に構わず言った。

「多分に示唆に富む言葉だ」相手はコメントを述べるようにコメントした。

「人類の脳のレベルは、約十万年前に登場して以来、少しも変わっていない」ここで私は満を持して言った。

「『名将たちの戦争学』を引用するのはやめろ」相手は鋭く言った。「しかも、それはスティーブン・グールド博士の言葉だ。君が博士の論文を読んでいるはずがない」

その通り。そして、更に博士は続けている。人類は環境に適応するように進化するが、自然科学も、社会科学も道徳的に対しては無力であり、人類は道徳的に進化しない、と。実に示唆に富む言葉だが、相手は当然知っている。相手の読書量は広範囲で多岐に亘っている。

「博士の指摘は正鵠を射ているが」相手は慎重に言葉を続けた。「例えば、インターネットが発明されて、普及する直前、その問題性も話題には上った」

覚えている。私の世代は、携帯電話もパソコンもない世の中で育った。相手は私より更に上の世代のはずだ。

「問題性の指摘があったにも拘らず、その点に対処する十分な、或いは効果的な措置が採られないままだ」

私は頷く。「俺は、インターネットは使わないがね」

「私は使わざるを得ない」相手は仕方がないというように言った。

それはそうだろう。経営コンサルタントとしては、ネットの使用は避けられまい。但し、私のような人間に対しては、或いは人間に関しては、パソコンは絶対に使用していないことを、実は私は知っている。

「東日本大震災で」相手は、私が何か引用しようとしていると思ったらしく、鋭い視線を投げかけた。「日本の原発の安全神話は吹っ飛んだ」

「民主党はその対応に遅れを取ったな」

「だが、仮に自民党政権だったとしても、似たような事態を招いたとは思わないかね？」思っている。「いずれにせよ、テレビコマーシャルで、電力会社の原子力を使用するに如かずという趣旨のキャンプションは画面から消えたよ」

相手は頷いた。同じコマーシャルを見ていたからであろう。円グラフがあって、エネルギー源の割合を示すものだった。

「日本の政治家は、あの大災害から何を学び取った？　いや電力会社は？　マスメディアは？　更に言えば、原発推進派は？」相手は問い掛けるように言った。

「水力、風力、太陽光、火力に頼ろうとした連中もいたな」私は応えた。

「実は、風力は自然に優しくはない。先発の国々でそれに関する問題が起きている。太陽光もそうだ。火力、水力においてをやだ」

「しかし、核物質よりは優しいだろ。なにしろ日本は火山国で、またいつでかい地震が起こるかも知れないんだぜ」

「その通り」相手は一枚の書類を取り出した。

「前回のここでの会話を覚えているね」

「勿論」

「対象者だ」いつになく、長い前説だったが、私は相手の言わんとしたことを正確に理解した。つもりだ。情報を丹念に読んでから、上着の内ポケットにしまった。

「終わったら、返してくれ」相手は、白く厚い封筒を手にしている。

「依頼人は？」私はいつものように訊く。

相手は不承不承に名前を言う。

「理由は？」

「君は、この封筒を欲しくはないのかね？」

「欲しいからこそ、訊いているんだ」

「分かったよ」相手は必ずしも納得してはいないことを示しながら、言った。興味深いのは、私の理由を聞こうとはしなかったことだ。尋ねられても、私はいつもの答えしか言わないのだが。

「メモを取らないでくれ」

相手は封筒をテーブルに置いた。私は反対側のポケットにしまった。

「捜査本部は、どの捜査本部でもいいんだが、依託殺人の線を追求してはいないのか?」

相手がやや驚いたように眉を上げた。

「実は、その動きが出始めている。玄人の犯行ではないかと」

「だが、プロではないと?」

「プロの犯行と断じるには、材料が足りないようだ」

「俺の仕事は、その材料を増やすことになるな」

「だからこそ、君との連絡を取るのに五ヶ月間も時間を置いたんだ」

「へえ」

「書類を返すのを、忘れないでくれ」


対象者の監視を続けて六日経った。

対象者は、午前中は自宅で過ごし、夕方に買い物に出かける。近所のコンビニエンスストアやドラッグストア、スーパーマーケット等、その日によって行き先が違う。自宅は木造モルタルの古い二階建ての家屋である。一階に台所と風呂場、そして居間があり、その居間に面して広くはないが庭がある。植木が幾種類かあり、きちんと剪定されている。多分、出入りの業者がいるのだろう。嫌でも芝桜のピンクの色が目に入る。塀にはジャスミンの蔓がからまっていた。対象者は犬を飼ってはいない。しかし、猫を飼っていた。黒いペルシャ猫で、居間のサッシの戸を少し開けると庭に出て来て、飼い主の自宅付近を散歩する。屋内に戻るのもサッシの隙間からである。

警備システムは設置されていないが、門扉のすぐ脇に、インターホンがあり、訪問者はカメラで屋内から見ることができる。カメラは玄関の上にも、もう一台あった。これは厄介である。

私は前回の仕事を思い出さずにはいられなかった。状況が酷似している。一人住まいの高齢者。違いは対象者の性別。対象者が買い物に出かけた際の襲撃は、間違いなく目撃者をつくる。やはり、住宅に侵入するしかないのか。

もう少し監視を続けないと、結論は出ない。

「どうだね」

「跳ね返りは、無い」

「書類を返してくれ」相手は手を差し出して、私から書類を受け取ると、ダンヒルのライターで火を着け、灰皿の上で燃やした。

「捜査本部は、被害者の首に付着した植物を、自宅の庭のジャスミンの蔓と断定した」

「そうだろうな」私は応えた。

「訊いて良ければ」私が黙っていると、肯定の素振りと解釈したらしく、あとを続けた。

「君はなぜ、庭にあったジャスミンの蔓を使ったんだ?」

勿論、当日私はシルクのスカーフやロープ、ガムテープの類を持参していた。

「捜査を撹乱させるためだと言ったら、あんたは信じるかい?」

「捜査は撹乱されていないぞ」相手は厳しい口調で言った。「今のところは。と言うことは、これからも撹乱されないだろう、と言うことだ」

「それは残念」私は応えた。

「余り気にしていないようだな。思惑が外れたことに対して」相手は更に追求する。

「これによって起こり得る、最悪の事態は何だ?」私は訊いた。

「君の質問は、広範囲に渉り過ぎている。つまり、君の仕事の件か、ジャスミンの蔓を使ったことか?」

「どちらも」

「よかろう。前者の質問に対しては、最悪と言ってよい事態を引き起こしている」

「どのような?」

「捜査本部は、前回の君の仕事との関連性を視野に入れている」

「なんとも、まあ」

「そして、最重要容疑者に現場不在証明があることから、ついに一つの結論を導き出した」

「依託殺人だな」

「捜査本部は、依頼人の過去の足取りを、事件発生時から遡って調査している」

私は、相手が捜査と言わずに調査と言ったのに気が付いた。捜査と調査では意味合いが違う。

「依頼人がいつ、誰と接触したか、不審と思われる人物との接点が無いかなどを、洗い出している」

「すると、依頼人の足取りから仲介者へ、仲介者からあんたへ、あんたから俺へと、ホップ・ステップ・アンド・ジャンプってわけか」

「アリステア・マクリーンの引用するのはやめろ。それに冗談を言っている場合ではないんだぞ」

「俺の辞書には、冗談という語彙は存在しない」

実は、存在している。

「君は素晴らしい辞書を持っているよ」相手は皮肉るように言った。「君のその素晴らしい辞書に、共通性という語彙はあるだろうね？」

「共通性？」

「そうだ、共通性だ」相手は続けた。「二つの事件の共通性とは、最重要容疑者、つまり遺産相続人が現場不在証明を持ち、尚かつ最も利益を受けたというところの共通性だ」

「傾聴しているよ」

「警視庁は現段階で、合同捜査本部を設置しようとは考えていない」

「何故？」

「何故なら」相手は鋭く私を見つめた。「この二つの事件にこれという接点が全く無いからだ」

「しかし、依託殺人に結び付く、あんたの言う不審と思われる人物を探し出そうとしているわけだな」

「私の言う不審と思われる人物は」相手は警告するように言葉を続けた。「今や、最大の危機に瀕していると言っても言い過ぎではないね」

「最悪の事態だな」

相手は頷いた。「そして、後者の質問に対しては」相手は私の質問を余すことなく理解していた。そして私を探るような目で見詰めた。「捜査本部では、その場にある物で事に及ぶ玄人の存在を捜査している」今度は捜査という言葉を遣った。

「ほう」

「ほう、とは何だ」相手が初めて感情らしきものを口調に出した。「君はまさか、トレヴェニアンの作中人物を気取ったわけではあるまい」

トレヴェニアン著『シブミ』には、その場にある物で殺人を行う人物が登場する。

私は、対象者の自宅に侵入する際、庭のジャスミンの蔓を何本か切り取った。それから玄関の防犯カメラに映らないように住宅の裏側に移動した。そして、風呂場の窓ガラスを切り取り、鍵を外して住宅に侵入した。居間にいた対象者は、自分の首にジャスミンの蔓が捲かれるまで、私が侵入したことに気が付かなかったはずだ。対象者が事切れた後、二階も含めて全ての部屋を物色し、強盗が持って行きそうな物全てを、ショルダーバッグに詰め込んだ。風呂場の侵入口から外へ出るのに、二十分の時間を要した。

「俺は、前にも言ったように、常に次善の策を用意したいんだ」

今日はなかなか白い封筒が出てこないので、簡単に言った。

「ジャスミンの蔓が、君の言う次善の策だと言うのか?」相手はさかんに首を振って言う。

「関係者全員が、危険に瀕しているんだぞ」

「だが、指摘は充分になされた」

「ドナルド・E・ウエストレイクの引用するのはやめろ」相手は鋭く言った。「君の言うように、指摘は充分になされた」ウエストレイクを引用した。そして、白く分厚い封筒をテーブルに置いた。

私はそのまま上着の内ポケットにしまった。

「警視庁は、今までの未解決殺人事件に対して、何らかの措置を取るのか?」

「我々にとって極めて幸運なことに」相手は全く安心できない口調で言った。「警視庁ではその措置を取るのに充分な人員も予算もない」

「言い方を変えれば、確固たる証拠を掴んでいないと解釈していいんだな」

「何度も言うようだが、日本の警察を甘く見てはいけない」相手はじっと私を見詰めた。

「今回は、半年は大人しくしていてくれ」

やはり。思った通りの展開になった。

「連絡するよ」私は呟いた。

相手は頷いた。「そして、頼むから逮捕されないでくれ」

第七章　殺し屋の力学

「どうだね」相手が訊く。

「どうもね」私が応える。

前回会ってから、七ヶ月が経過していた。半年は大人しくしてくれと言った相手は、更に一ト月私を大人しくさせていた。これは一体どういう事だ。そのうち、一年は大人しくしていなければならなくなるに違いない。

「EUでまたしても軋轢が生じている」相手は私の危惧にお構いなく言う。

「イギリスは、いや英国は」私は言い替えをして続けた。「EUからの離脱を図っているな」

「それは、前から起こっている事態の一つだ」

「だが、それによってあんたのクライアントに損益が生じるんだろ?」

相手は嫌な顔をした。

「離脱と言えば、スコットランド独立党のことは知っているな？」相手は訊いた。

知っている。私だって、テレビや新聞を見る。「ああ、ユナイテッド・キングダムからの独立を掲げているな」

相手は私が正しい国名を呼んだことに頷く。「スコットランド独立党は先の総選挙で、保守党、労働党に次いで、第三の党に躍進した」

知っている。相手が以前に、イングランドやスコットランド、ウエールズ、北アイルランドは英国の一部を構成するものだという趣旨の発言をしたことも覚えている。

「それで、あんたはスコットランドがＵＫから独立した方がいいと思うのか？」

相手は私が正しい略称を呼んだことに頷く。「それは彼等の問題で、彼等に任せればいいことだ」

「彼等とは、スコットランドの彼等なのか、ＵＫの彼等なのか？」

「勿論、両方だ」

「だが、その両方の意向一つで、あんたのクライアントに損益が生じるんだろ？」

実は、私にも損益が生じている。先日証券会社の幹部社員から、その危険性を回避するための具体的な提案を受けたばかりだ。

相手はほんの少しだけ、頬を弛めた。ような気がした。

「まだだ。独立となったら、間違いなく大事になる。独立にならなくても、大事になる」

「ほう」証券会社の幹部社員も同じことを言った。

「あんたの話を聞いていると、ヨーロッパは火種の宝庫に聞こえるよ」

「火種の宝庫という言葉自体矛盾していないか」相手が鋭く言う。

「あんたがそう言うのなら」私は逆らわない。

「独立と言えば」相手は私を、まるで患者を診る主治医のような目付きで言った。「沖縄にも独立運動が存在していることを知っているか？」

実は知っている。私の知人で沖縄県出身の人物がいる。その人物から聞いたことがある。

「沖縄が独立したら、どうなる？」私は純粋に興味本位で訊いた。

相手は、私が驚かなかったことで、私がその知識を得ていることを察した上で、私の問いに答えた。「沖縄がか、日本がか？」

「その両方だ」

「沖縄は、ある意味で安定した繁栄を手に入れるだろう」

私は驚いた。「不安定にはならないのか?」

「何故、そう思う?」相手は理解に苦しむように言う。「日本という経済大国、いや大国とは最早言えないので経済国、こんな言葉はおかしいが、その一部に組み込まれている方が安定する、という考え方か?」

「それもあるし、ほかにも幾つか」私はそれを省いた。「それで、日本は?」

「深刻な打撃を受けることになる」

私は驚かなかった。「日本という国は、沖縄にどれだけ頼って来たことか」

相手は見直したと言うように言った。

「この問題が表面化したら、私のオフィスの電話は鳴りっぱなしになり、ファックスは、プリントアウトされた用紙で、覆い隠されるだろう」

「まだ、表面化されていないんだな?」

「君も、余りあちこちでしゃべらない方がいいぞ」

ほう、アドバイスとは珍しい。私の仕事以外のことで。

「対象者だ」相手は一枚の書類をテーブルに置いた。「終わったら、必ず返してくれ」

私は、素早く全ての情報に目を通す。

「依頼人は？」

相手は言った。いつもは嫌な素振りを見せるのだが、今回は違う。

「理由は？」

「以前に、フランス・レジスタンスの話をしたこと覚えているか？」

おやおや、質問を質問で返されるとは。

「覚えているよ」私は逆らわない。

「何故、彼等は成功したのか分かるか？」

「英国の特殊作戦執行部の援助があったからだろ？」私は勘の良いところを見せようとした。

「それもあるが、何と言っても組織の作り方なんだよ」相手は教えを垂れるように言う。

「傾聴しているよ」

「彼等は、組織を小さな細胞に分け、独立した活動体にしたんだ」

相手の言わんとしていることが、分かりかけてきた。

「仮に細胞の一人がゲシュタポに捕らえられても、拷問の結果、その細胞内の情報しか引き出せなかった」相手は私の顔をじっと見詰めて言った。

「被害を最小限に食い止める方法だな」私は応えた。

「君は、いつもの根拠で、依頼人の理由を知りたがっているが」相手は諭すように言う。

「被害を最小限に食い止めるという観点から、私が応えないとすることもできないかね」

「その場合の、被害はどっち側からかね？」私は興味に駆られて訊いた。

「君の方からは考えにくい」私の腕を評価しているのだろう。

「つまり、依頼人の方からだな」私が確認する。

「幾つかの件で、依頼人が容疑者リストに名を連ねている。中には最重要容疑者もいる」

相手は重々しく続ける。「依頼人が検挙されないのは、彼等が本当の現場不在証明を持っているからだ。嘘偽りなく」

「そして確か、捜査本部は依頼人の足取りを調べているんだったな」私が言った。忘れるはずのない話題である。

「その通り」相手は頷いた。「仲介者の元を訪れた事実が判明しても、それが何を意味するかはそれぞれの捜査本部の判断に委ねられることになる」

突然、私は閃いた。「仲介者は一人ではないんだな？」

相手はぐっと口を引き締めた。「それこそ、君の知るところではない」

そうか、相手がフランス・レジスタンスの話をした意味が完全に分かった。

相手は私の表情を読んで、頷いて言った。勿論、依頼人の理由である。そして、白く分厚い封筒をテーブルの上に置いた。

私は中身を検めることなく、上着のポケットに仕舞った。上着は薄手の夏用の物である。

「書類を返すのを、忘れないでくれ」相手がいつもの念を押した。


対象者を監視してから六日経った。

対象者は自分が経営する店舗に、私鉄を利用して通勤している。自宅から自転車で最寄り駅まで行き、駐輪場に自転車を置く。私鉄と地下鉄が相互乗り入れしている線で白金台まで行く。その店舗までは歩いて五分。店舗は繁盛している。対象者は昼の休憩時も店舗の中で過ごしている。夜、店舗の営業を終えるのは、十一時過ぎである。従って、帰宅は十二時を過ぎることが殆どである。店舗の定休日は月曜日である。

私は、いつ、どこで、というつもの課題より、今回はどうやっての項目を考えていた。同じような方法は出来るだけ避けたい。日本の警察を甘く見てはいけない。依託された請負殺人の、実行犯の犯行という証拠を残したくないからである。どうやっての項目に対する解答を得るためには、もう少し監視を続けなければならない。


「どうだね」

「跳ね返りは、無い」

三週間後のいつもの部屋のいつものやり取りから始まった。

「捜査本部は、色めき立っている」相手は重々しく言う。

「ほう」そんなはずはないのだが。

「ほう、とは何だ？」相手は鋭く言った。

「ほう、とは思いがけない時に、思いがけないことを聞いた時に口にする言葉だよ」私は解説した。

「すると、君は意外だというわけだな」相手が追求する。

「色めき立つという言葉は、文字通りなんだろ。捜査本部が色めき立つ事実を掴んでいるはずがないよ」私は強がりでなく言った。

「成る程」相手が感心するように言った。相手がそのような態度に出るのは極めて珍しいことである。

「捜査本部は、有力な手掛かりが何もないということに、色めき立っている」相手の情報源には全く感服せざるを得ない。

「今回、初めて神奈川県警の捜査本部が立ち上がったわけだが」相手は私の顔を無表情に見詰めた。「被害者の勤務地が都心ということもあって、警視庁に捜査協力を求めている」

当然だろう。私は監視を続けながら、そのことを考えざるを得なかった。対象者の自宅は多摩川を越えた川崎市だった。私は神奈川県警がどの程度、警視庁から未解決殺人事件の情報を引き出すか、全く分からなかった。

深夜十二時を少し過ぎた時刻に、私は対象者を襲った。自宅のマンションの防犯カメラの死角になる場所で、後ろからバールで一撃して、アイスピックで心臓に達するように一突きした。対象者は上着を着ていたが、その上着から直接である。そして、ルイ・ヴィトンのパウチと、上着やシャツ、ズボンのポケットに入っていた物全てを奪い、アイスピックを引き抜いた。アイスピックを刺したままにしても良かったが、証拠物件はなるべく残さないにしくはない。日本の警察を甘く見てはいけない。警視庁であろうと、神奈川県警であろうと。

「書類を返してくれ」相手が手を出した。

私は書類を取り出して相手に渡した。相手はダンヒルのライターで火を点け、灰皿の上で燃やした。

「君が対象者の自宅近くで襲ったのは、神奈川県警の管轄だからだな?」相手が確認するように言う。

「警視庁管内でやるには、まだ危険だからな」

相手は白く分厚い封筒を取り出し、テーブルの上に置いた。

「対象者の自宅が都内にあったら、どうしたんだ?」

私は封筒の中身を検めることなく、薄手の上着の内ポケットに仕舞った。

「その場合は、監視を更に続けただろうね」

「成る程」相手は私をじっと見詰めた。「神奈川県警も、手強い相手だ」警告するように言った。

「日本の警察を甘く見てはいないよ」私は言った。

「分かっていればいい」相手は頷いた。「当分は、大人しくしていてくれ」

おやおや、具体的な月日を言わないのか、または言えないのか。これはやはり、一年くらいなのだろうか。

「今回は何の引用もできなかったな」とだけ言った。

「それでいいんだ」

「連絡するよ」私は呟いた。

「頼むから、逮捕されないでくれ」相手がそう言って、会話を締めくくった。

第八章　殺し屋の流儀

「どうだね」

「どうもね」

前回会ってから十ヶ月が経過していた。相手は当分と言っておきながら、またしても最長期間、会うことを延ばしている。

「産油国連合の協調が失敗に終わった」相手が言った。

「そのようだな」私は応える。

「ＯＰＥＣの会合の前だというのに」

「そうだってね」

相手は、私が本当に話を理解しているのか、鋭く見た。いつもの主治医のように見る感じではなかった。

「これでまたしても、原油価格は下落し、株価は下がり、先物取引も含めて市場は荒れることになる」相手はさかんに首を振っている。「彼等は自国の思惑だけで、原油を切り札にしたゲームをしている」

実は、私も大手の証券会社の幹部社員から、同じような説明をされている。

「どの国も大抵は、自国の利益を追求するものだろ?」私は言った。

「国益と言うやつか?」相手は私をじっと見詰めた。「国益は確かに最重要課題だがね」相手は続けた。「妥協と譲歩も外交の手段にはあるはずだ」

「歩み寄りと言うやつか?」今度は、私が訊いた。

「真珠湾攻撃の前、合衆国の大統領ルーズベルトは、日本に先制攻撃をさせろと指示を出していた」相手は言った。今では広く知られている歴史的事実である。

時の国務長官で、原則主義者で知られたハルは、日本を追い詰める外交を展開した。結果、日本の軍部はこのままジリ貧になるよりはと、開戦を決議した。

「その際の帝国日本の首脳部の会談は、映画『トラ・トラ・トラ』にも描かれていたな」

私は山村聡演じる山本五十六大将を思い出して言った。

「あの場面で、近衛首相から海軍の見通しはどうかと訊ねられ、山本長官（聯合艦隊司令）は、やれと言われれば一年や一年半は存分に暴れてみせるが、その先のことは保証できないと返答した」相手は応えた。相手もその映画を見ているのだ。

「あの発言の時、長官は軍人として海軍はアメリカに勝てないと、言うべきだったんだ」相手はずばりと言った。

そう思う。この件は浅野裕一氏著『「孫子」を読む』に詳しく述べられている。相手もきっと読んでいるに違いない。

「だから、日本は妥協と譲歩も外交戦略とする道を模索すべきだったと言うのかい？」私は訊いた。

「合衆国が参戦してから映画『カサブランカ』が制作されたが、あんな映画を作れる国に勝てると思うか？」

思わない。『カサブランカ』は私の好きな映画ベスト・スリーに入っている。

「ドイツ軍人に対して、難民達にラ・マルセーイエーズ（フランス国歌）を歌わせる演出をさせた映画だぞ」相手は言った。

「あの場面は感動的だったな」実は、私の最も感動した場面は、ルーレットで黒の22が出るカジノのシーンである。

「歴史に、もしもは意味がないという嘗ての史観ではなく、欧米のように『イフ』の研究をすべきなんだよ」相手は諭すように言った。

「歴史は後験科学だからか？」私は訊いた。

「その言葉を知っているのか？」相手は驚いたような表情で言った。

「松村氏の著作で知ったんだ」私は謙虚に応えた。氏の『戦争学』から、人間の経験から法則性を見出す学問を後験科学と言うことを学んだ。

「君の読書量は大したものだ」相手は褒めてくれたが、彼の方が遙かに読書量が多いことを私は知っている。

相手が一枚の書類をテーブルの上に置いた。「対象者だ」

私は素早くしかし丹念に情報に目を通した。

「終わったら、必ず返してくれ」相手はいつもの念を押す。

「さっきの『イフ』の件だが」私は完全な興味本位で訊いた。「時の帝国日本は戦争を回避できたと思うかい？」

「多分、無理だったろうよ」相手は白くて分厚い封筒をスーツの内ポケットから取り出して、そう言い切った。

「何故?」私は彼の意見を本当に知りたかった。

「何故なら、そのような、つまり妥協と譲歩を良しとする幅広い視野を持つ指導者がいなかったからだ」

そう思う。大変残念なことだ。人類は歴史から学ぶことは出来ても、危険を回避することは出来ないのかも知れない。それでも歴史を学ばなければ、更なる危険を背負うことになる。私は封筒を上着のポケットに仕舞った。前金である。

「依頼人は?」

相手が言った。

「理由は?」

相手が応えた。もう、嫌がるような素振りは見せない。

「メモを取らないでくれ」

勿論、取らない。会話はそこで終わった。

対象者の監視を始めて六日が過ぎた。

朝、自宅のマンションを出て、最寄りの駅まで歩く。地下鉄で霞ヶ関で乗り換え、千駄木まで行き、事務所があるビルディングまで歩く。千駄木に行くなら、国会議事堂前で乗り換えた方が歩く時間が短縮できると思うのだが、それは対象者の勝手なので、こちらは監視を怠らないように努めるだけである。昼は事務所を出て、千駄木界隈の飲食店で昼食を摂っている。大抵は事務所の者と一緒である。

ある夜は事務所を出て、地下鉄で霞ヶ関まで戻り、そこで降りて地上に出た。とある官庁の近くで、明らかに官僚と思われる人物と落ち合い、タクシーで新橋に行った。真っ先に頭に浮かんだのは接待だが、それがこちらの仕事と関わりを持つのかどうかは不明である。対象者は表向きとは異なり、官僚と癒着している業者なのかも知れない。情報には無かった事実である。

この接待以外にも、対象者は自宅に直帰することは殆ど無く、別の人物と待ち合わせて呑むことが多い。大抵は赤坂である。店はその都度変えている。

自宅のマンションは新宿御苑前の古い建物だが、警備保障会社と契約しており、侵入するには工夫が必要である。最新の防犯システムに立ち向かうには、こちらも最新の技術が要るが、私の知識と経験ではとても太刀打ちできないと思われた。

いつものことながら、いつとどこで、が問題になる。更にどうやって、もである。今回の仕事は、警視庁管内である。日本の警察を甘く見てはいけない。玄人の犯行に見られないような方法が見出せるかが肝心な点である。

　あのように不規則な帰宅を繰り返す対象者を襲うには、もう少し監視を続けないと機会を見出すことも出来なければ、今回の命題に対する解答を導き出すことも出来ない。


「どうだね」

「跳ね返りは、無い」

　三週間後の、いつもの部屋でのやり取りから始まった。

「書類を返してくれ」相手は既にダンヒルのライターを片手に握っており、もう片方を差し出した。私は上着のポケットから書類を取り出して、相手に手渡した。相手は慎重に灰皿の上で書類を燃やした。いつもの儀式である。

「捜査本部では、物取りの線と、ある官庁の汚職による線の両面で聞き込みをしている」

　私は驚いた。「汚職？」

「捜査本部は、被害者が贈賄をしていたことを掴んでいる」

　だが、その事実は情報には無かったではないか。私も監視を続けていて、初めて知った事実である。

「あんたのくれた情報には、無かったね」私は文句を言うように言った。

「そういうこともある」相手は落ち着いていた。「すぐに分かるようでは、贈収賄は成立しないだろ？」

確かに。しかし、これでまた利害の衝突というものが発生するのではないかと、気になった。

相手は、私の心を読んだかのように言った。「捜査本部は、容疑者が多くて絞り込めないでいる」スーツの内ポケットから、白くて分厚い封筒を取り出してテーブルに置いた。後金である。

私は上着の内ポケットに仕舞った。「依頼人に嫌疑が懸かる危険性は？」

「まず無い。捜査本部の関心は、その方面では無い」

成る程。利害の衝突が、今回は上手い方向に働いたのだ。

私は、夜遅く帰宅した対象者を、マンションの角で襲った。いつものようにトレーニングウエアーを着込み、ジョギングシューズを履いていた。夜のジョギング愛好家に見せかけて、対象者に気付かれないように接近した。そしてバールで頭部を一撃して、昏倒した対象者の胸をスーツの襟の上からアイスピックで一突きした。そして、ポケットの中身、財布、小銭入れ、名刺入れ、マンションの鍵、書類鞄等全てを奪った。ネクタイはプラダだったがこれも取った。タイピンはしていなかった。なぜ最近の男性は、タイピンをしたがらないのだろう。それは兎も角、それからアイスピックを引き抜いた。その間、二分。目撃者のいない時刻だった。勿論、防犯カメラの死角での出来事だった。

「捜査本部は、今回の犯行の手口が、過去の数件の未解決事件と酷似していることに注目している」

それはそうだろう。私もそれを覚悟で今回の仕事に及んだのである。

「既に、依託殺人の件に関してはここで話したことだが」相手は私を鋭く見て言った。「玄人の犯行からプロが関与している可能性を検討し始めるに違いない」

「それは、止むを得ないことだろ?」私は結局、玄人の犯行に見られないような方法を採らなかった。それよりも、最短の時間で絶対確実な方法を選んだ。警察が、過去の私の仕事の遣り口と類似性を求めるであろうことも承知の上である。

「まあそうなんだが」相手は納得しない表情で言った。「計算された危険だと言うのなら、今までに無い危険じゃないのかね?」

「危険は、この仕事には付きものだ」私は応えた。「今度の場合も、みんなが関係者で、俺同様の危険を冒すんだ。依頼人とて、例外じゃないさ」

「ジャック・ヒギンズの引用は止めろ」相手は怖い顔をして言った。「しかも、言葉が違っている。文脈も著しく異なっている」

しかし、相手には伝わったわけだ。

「当分は大人しくしていてくれ」相手はもう期限を言わない。

「連絡するよ」私は応えた。

「そして、頼むから逮捕されないでくれ」相手は話を締めくくった。

第九章　殺し屋の手練

「どうだね」

「どうもね」

いつものように会話が始まる。いつもの部屋で、相手はスーツを着込み、フェラガモのネクタイを締めている。ただいつも違う柄をしている。一体何本持っているのだろう。ネクタイピンでシャツに止めている。タイピンはダンヒルに間違いない。私が欲しいと思っていたデザインだからである。

私はこの数日間、海外旅行をしていた。勿論、本名のパスポートで。円高の影響で、燃料サーチャージが無い格安ツアーに参加した。目的は、免税店でブランド品を購入することと、カジノでルーレットを楽しむことである。私の場合、観光やグルメは二の次である。従って目的地は、カジノのある国なら、まあ何処でも良いわけである。その国の空港の免税店でダンヒルのタイピンを見つけたが、デザインがちょっと気に入らず、購入しなかった。

「ＴＰＰの交渉が行き詰まっている」相手は私の表情を観察しながら言った。

「そのようだね」

「当然ながら、了承できない分野と品目に関しては交渉は決裂せざるを得ない」

「そうだろうね」

相手は鋭く私を見た。「余り関心が無いようだな」

そんなことは無い。先日も、大手証券会社の幹部社員から、同様の説明を受けていた。

「そんなことは無いよ」私は言った。

「君は、自分の株式や投資信託が損益を出すだけだから、ある程度の心配さえしていればいいんだろうがね」相手は皮肉を言うように言った。

驚いた。私が報酬の大部分を株式や投資信託に注ぎ込んでいることを、何故知っているのだろう。

「君に比べて、私はクライアントの財産を守らなければならない立場だ」

「交渉が決裂したら、どうなる?」私は訊いた。

「最悪の事態が起きかねない」

「具体的には、どのように？」

「これまでの交渉で、合意を得た分野と品目も白紙撤回になるかも知れない」

「まさか」

「世の中、確かなことなど無い。いや、この言葉自体確かじゃないが」

実は大手証券会社の幹部社員も、同じ見通しを説明してくれた。

「何とまあ」私は呟いた。

相手は一枚の書類をテーブルに置いた。「対象者だ」

私は素早く、全ての情報に目を通した。

「終わったら、必ず返してくれ」相手が念を押す。

「依頼人は？」私が訊いた。

相手は、名前を言った。

「理由は？」

相手は嫌そうに言った。そして続けた。「メモを取らないでくれ」

「依頼人に不利益を被らせない為にという、俺の文句は聞き飽きたのか？」

「違う」相手は鋭く私を見た。「単なる時間の浪費だからだ」

「へえ?」私は言った。

「私は、君以外にも人と会う予定がぎっしりなんだよ」

「だが、俺に会う時間は作れる」

「ジャック・ヒギンズの引用は止めろ。しかも言葉が間違っている」相手は鋭く言った。

相手は当初、私が依頼人を知ることに、抵抗を示していた。更に、理由に至っては、なかなか言おうとしなかった。最近は、それが無くなってきた。私の言う依頼人に不利益を被らせない為、という台詞に聞き飽きたのかと思っていた。これは私の数少ない信条ではある。

「君のその信条に、必ずしも賛成しているわけではないんだぞ」そう言いながらスーツの内ポケットから、白く分厚い封筒を取り出した。前金である。

私は中身を検めもせず、上着の内ポケットに仕舞った。

「最近の警視庁の動向で、知っておくべきことは?」

「未解決事件が多すぎて、誰かの首が飛ぶかも知れない」相手が私の表情を観察しながら言った。

「おやおや」

「おやおや、とはどういう意味だ？」相手が鋭く言った。

「おやおやとは、意外とか、思いがけずに、という意味で遣われる言葉だ」

「相変わらず、君は良い辞書を持っている」相手は感心した様子もなく言った。

「あんたがそう言うのなら」私は逆らわない。

「君のその辞書に、警戒という二字の熟語はあるだろうね？」

「七月警戒」私は言った。

「ギャビン・ライアルを引用するのは止めろ」相手は鋭く言った。「六月安心、七月警戒、八月確実、九月は用心、十月で厄払い、というわけにはいかないんだぞ」相手はギャビン・ライアルを引用して、警告するように警告した。「この台詞は、カリブ海域の気象官やパイロットの台詞だ。我々が相手にしているのは、ハリケーンではなく日本の警察だ」

「あんたがそう言うのなら」私は逆らわない。

「書類を必ず返してくれ」相手がそう言って、会話を終えた。


対象者を監視して六日が経った。

対象者が自宅のマンションを出るのは午後の四時頃で、地下鉄で大手町で乗り換え、銀座で降りる。時には美容院に寄ることもある。時には、男性と待ち合わせしてビストロやバルで食事をすることもある。時には買い物をして店に行くこともある。同僚らしき女性と食事をする時もある。店は八時に開店して、十二時に閉店する。所謂高級クラブである。閉店後は、店のスタッフ達と遅めの食事か飲みに行く。銀座では深夜二時過ぎまで営業している店も多い。

対象者が帰宅する時を襲うのが最も安全に思えた。いつ、どこで、どうやって、の項目に関して言うと、どこで、は珍しく最初から決めていた。どうやっての項目は、あまり考え過ぎないようにしようと思った。

対象者の自宅のマンションは、最新式の防犯システムが完備しており、警備保障会社と直結している。私の知識と経験では、とても太刀打ちできない。従って、対象者の自室に侵入することは諦めた。最近の経験から、この手のケースが増えてきていることを認めざるを得ない。みんなが立派なマンションに住み、防犯システムに守られるようになったら、私の仕事は厄介になるだろう。日本の警察を甘く見てはいけないが、日本の警備保障会社も決して侮れない、どころか一つの脅威になっている。

経営コンサルタントを表の職業にしている男性に言われた警告を思い出していた。ハリケーンは二、三ヶ月で厄払いとなるが、私の方は次の仕事まで無期休業にあと数歩に近いところまで来ている。文字通り無期休業に追い込まれないために、もう少し監視を続けないといけない。


「どうだね？」

「跳ね返りは、無い」

三週間前と同じ部屋で、同じように会話が始まった。相手はエルメスのネクタイを締め、ダンヒルのタイピンでシャツに止めている。タイピンは別のデザインだった。経営コンサルタントという職業は余程儲かるのだろう。それとも裏の周旋業の方か。

「書類を返してくれ」相手は片手を差し出し、もう片方の手にはダンヒルのライターが握られている。灰皿の上でいつもの儀式が始まる。私は、相手がこの書類を燃やすためだけにライターを購入したのではないかと思ったことがある。何故なら、この部屋は煙草臭くないからである。私は煙草を吸っていた時期が何回もあるので、部屋で煙草が吸われたかどうかは分かるつもりである。

「今回も、君は対象者の自宅付近で仕事をしたな」相手は非難するように言った。

私が黙っていると「対象者の住まいが浦安だからか？」と追求した。

「千葉県警が、神奈川県警や警視庁に負けず劣らず手強い相手だとは分かっているよ」私は慎重に言った。

「にもかかわらず、君は以前と同じような方法を採った」相手は指摘した。

「それが最もありふれて、尚かつ確実な方法だからさ」

私は、深夜帰宅途中の対象者の後ろから、手刀の一撃を加えシルクのスカーフで首を絞めた。マンションの防犯カメラの死角を狙ってである。バッグを奪いその場を立ち去るのに二分。街にも最近は防犯カメラが設置されるようになってきたので、逃走ルートは事前に確認した道を選んだ。

「捜査本部は、警視庁に照会してきた」相手の情報源には心底恐れ入る。「一つには被害者が銀座に勤めていたからで、一つには被害者の交友関係でだ」

私は相手が被害者と呼んだので、捜査本部の見方の報告と解釈した。

「捜査本部では、警視庁管内の類似した事件との関連性を追求しているのかい？」

相手はスーツの内ポケットから白く分厚い封筒を取り出した。「いや、被害者の交友関係に注目しているようだ。物取りの線も視野には入れているが」

「ほう」私は封筒の中身を検めもせず、上着の内ポケットに仕舞った。

「ほう、とは何だ？」相手は鋭く言った。

「ほうとは、感心したという意味で遣われる言葉だ」

「何に対して感心したんだ？」

「あんたの情報源に対してだよ」

「分かったよ」相手はうんざりしたように言った。「千葉県警と警視庁と神奈川県警が合同捜査本部を設置するといった動きは、今のところ無い」

「どこかの誰か優秀な警察官が、俺達の存在を知るにはまだ時間が掛かるな」私は言ってみた。

「何度も言うようだが、日本の警察を甘く見てはいけない。文字通り、時間の問題だ」相手は鋭く言った。

「心しているよ。大人しくしている期間が長すぎるしね」

「そうしないと、本当に最悪の事態になるからだぞ」相手は怖い顔をして言った。

「但し、その事態は俺の方からではなかったということだったな」私は指摘した。以前にこのことは話し合っていたことだ。

相手は溜め息をついた。「その通り」それからゆっくり続けた。「当分、大人しくしていてくれ」

やっぱり。無期休業に限りなく近い。

「連絡するよ」私は呟いた。

「それから、頼むから逮捕されないでくれ」相手は会話を締めくくった。

第十章　殺し屋の工夫

「どうだね」相手が訊いた。

「どうもね」私が応えた。

いつもの部屋のいつもの会話から始まった。前に会ってから八ヶ月が過ぎていた。この分では大人しくしている時期が、十ヶ月になりかねない。それでは無期休業に近い状態である。報酬で遊んで暮らすには、永すぎるというものである。

相手はいつものようにきちんとスーツを着込み、エルメスのネクタイを締め、ダンヒルのネクタイピンでシャツに止めている。ネクタイの柄はまた別の物で、タイピンも別のデザインだった。相手は私の欲しいデザインのタイピンを幾つ持っているのだろう。

私は、この数日間またしても海外旅行に行っていた。今度もカジノのある都市で、ブランド品を自分への土産に買って帰って来た。カジノでのルーレットの戦績は六対四だった。

「最近、街で警察官の姿が多く見られるな」相手は私の身体を眺め回すように見て、言った。まるで主治医のように。

「この前、新宿でやたら見かけたよ」先日、街をふらふらしている時を思い出して言った。

「駐車違反の取り締まりに見えるがそうではなく、車両の検問や、不審人物への職務質問に違いない」相手は言った。

「そうなのか？」

「動員されている警察官は、交通課だけではなく警備課が主体だ」

「そうなのか？」

「何故だと思う？」相手がこの手の話題を初めにするのは極めて珍しい。

「まさか、サミットの為ではないだろう？」

「いや、その通りだ」相手は感心したよというように言った。

「だけど、サミットは五月だし、まだ先のことだろう？」

「だから、その予行演習を兼ねた警備強化のつもりだろう」

「だけど、サミットは伊勢志摩で行われるんだろう？」

「テロリストにしてみれば、目標の場所は何処でもいいはずだ。人の多いところで、相手のダメージを大きくしたければ」

「賢島に居る各国要人の命より、東京の人間の命を奪うのか？」

「それがテロリストの考え方だよ。数ヶ月前スコットランドでＥＵの閣僚級の会議が開催されたが、その際ロンドンで爆破テロがあったのを覚えていないか？」

覚えている。会議そのものよりも、英国の首都を狙うことで脅威を与えると、メディアでは論評されていた。

「ああ」私はその時理不尽に思ったことを、思い出した。

「そもそも、賢島周辺は文字通り厳戒態勢で、テロリストも近付けないだろう」相手は指摘した。

「でも、ドローンを使えば可能だろう？」首相官邸屋上にドローンが着陸した事件を思い出して言った。

「可能だが、確実ではない」相手は冷静に応えた。

「東京なら確実か？」私が訊いた。

「テロリストがそう考えたとして、警視庁は警備強化をしている。警備に見せかけて、実際に犯罪を摘発している」

「何だ？　ローラー作戦でもやっているのか？」私は驚いた。

「警視庁が、よくやる手だよ」相手は私がローラー作戦と呼んだのに満足したように言った。

「三億円事件の際、ローラー作戦で左翼過激派のアジトを幾つも潰した。それ以来何度も成果を出している」

三億円事件は、私が子供の頃の府中市で起きた出来事で、未解決事件として世に広く知られている。

相手は一枚の書類を取り出した。「対象者だ」

私は丹念に情報に目を通した。氏名、住所、職業、その他諸々。

「終わったら、必ず返してくれ」相手がいつもの念を押す。

「依頼人は？」

相手が名前を言った。

「理由は？」

相手が嫌そうに言った。そして「メモを取らないでくれ」と続けた。

「今日は国際経済の話は出なかったかな？」私は言った。

相手は白く分厚い封筒をスーツの内ポケットから取り出した。それから、私を鋭く見て続けた。「この数週間に日本でテロが発生したら、我が国の経済は計り知れないダメージを受けて、株価は暴落どころではなく、市場は麻痺してしまうんだよ」

「すると、今回は警視庁に頑張って貰わなくてはならないのか？」私は言った。

「警備課にはね」相手は冷静に言った。

「捜査一課ではなくてか？」私は冗談ではなく言った。

「メモを返すのを忘れないでくれ」相手が会話を締めくくった。

対象者を監視してから六日が経った。

その間、対象者の行動は多忙を極めていた。初日は、会社差し回しの車で自宅から勤務先に行き、午後は傘下の店舗の視察に出掛けた。夜は築地の料亭で取引先との会合。どちらが接待して、どちらが接待されているのか不明である。会社の車で帰宅した。

二日目は、午前中に傘下の工場を視察に出掛け、午後はオフィスに籠もっていた。夜は、銀座のクラブで豪遊。帰りはタクシーだった。

三日目は、一日中オフィスに籠もっていた。夜は六本木のフレンチの名店で女性と食事。

明らかに愛人と見受けられる美人だった。一流シティホテル経由で帰宅した。この時もタクシーだった。女性の住むマンションに立ち寄ってからである。

四日目は午前中は大手銀行に出向き商談、午後は丸の内の会議センターで会合。その後は数人で呑み会。会社の車で帰宅した。

五日目は大阪に出張。新幹線のグリーン車である。大阪では取引先を廻り、夜はミナミで接待を受けていた。一流ホテルで一泊して、六日目の午前中には、東京のオフィスに戻っていた。

対象者は、殆ど会社の運転手付きの車で移動している。そうでない時はタクシーである。自宅は監視カメラが設置され、防犯システムは万全の三階建て住宅である。侵入は極めて困難である。更に運転手の存在が事を難しくしている。目撃者になり得るからである。もう少し監視を続けないと、いつ、どこで、どうやって、の解答が得られない。

「どうだね?」

「跳ね返りは、無い」

三週間後の、いつもの部屋である。

「書類を返してくれ」相手は片手を差し出し、もう片方の手にダンヒルのライターを握っている。灰皿の上で書類を慎重に燃やした。いつもの儀式である。

「捜査本部は、物取りと保険金殺人の線、遺産相続の線、仕事関係の線、更には怨恨の線で聞き込みをしている」

「怨恨？」対象者は恨みを買うような人物だったろうか。

「またしても利害の衝突が起こったようだな」相手が白く分厚い封筒をスーツの内ポケットから取り出した。スーツは毎回違う生地で、オーダーメイドに違いない。何故なら、上着の内側のネームの位置が表生地にあるからである。私が若い頃、初めてオーダーメイドのスーツを作った際、仕立て職人が教えてくれたことである。裏生地にネームがあれば、既製服であると。私は封筒の中身を検めもせずに、上着の内ポケットに仕舞った。私は既製服を着ているし、ネームは付けていない。

「今回の対象者の場合、死んだら得をする人物が多すぎたようだ」相手が言った。

「まるでテレビドラマのようだな」私が感想を言った。

「君にとっては極めて都合の良いことにね」相手は指摘した。

「それを言うなら、依頼人がだろう」私は指摘した。

私は、対象者が愛人とシティホテルに入った際に、襲った。二人が部屋に入る瞬間に対象者に手刀を叩き付け、愛人に当て身を喰らわせた。二人を部屋の中に引きずり込み、ドアを閉めた。対象者のネクタイで首を絞め、愛人はそのネクタイで両手を後ろにして縛った。対象者の財布や小銭入れ、名刺入れ、携帯電話、その他全てを奪い、愛人のハンドバッグも頂戴した。ルームキーのカードを廊下の外から差し込んで、フロントに向かった。私の服装は誰が見ても上等の客に見えたことだろう。防犯カメラの死角を選んで歩いた以外は何の不自然さも感じられないはずだった。

「君は、今回初めて目撃者を作った」相手が当然の指摘をした。

「将軍達の言う、計算された危険というやつだよ」私は自信たっぷりに言った。

「計算された危険というのは、将軍達が危うく勝ちを拾った時に言う台詞のはずだ」

「その通り。しかし、今回はちょっと違うね」

「目撃証人から、君のモンタージュ写真が作られたらどうする？」相手が訊ねた。

「一瞬のことだし、おおざっぱな印象しか覚えてはいないよ」わたしが応えた。

「ホテルの従業員や、防犯カメラは？」相手は追求した。

「従業員には、単なる客に見えたろうし、防犯カメラには映っていないよ」私はあくまで落ち着いて応えた。

「何故そう言い切れる？　その為のカメラじゃないか」相手は憤然として言った。

「一般にそう思われているし、そのように作動していると信じられている」私は指摘した。

「フロントを通過する客は、全てカメラに映るはずだ」

「事件が発覚して、カメラの映像が再生される。その間のカメラはどうなっているだろうね？」

相手は唖然とした表情を浮かべた。「事件発覚時に、君はそのホテルに居たのか？」

「そうだ。騒ぎが起こってから、怪しまれることなくホテルを出たよ。フロントは騒然としていたけどね」

「そんな危ない橋を渡ったのか？」

「事件発覚前のフロント前通過の方が、遥かに危険だよ。カメラに映らざるを得ないし」

「発覚後なら、映らないとどうして言えるんだ？」

「実際にそうなった」私は事実を言った。

「君がそこまで向こう見ずだとは知らなかったよ」

「あんたがそう言うのなら」私は逆らわない。

「私としては、君に二度とそのような真似はして欲しくない」相手は主張した。

「そうは言っても、最終的な判断は俺に任されるはずだ」私は主張した。

私はホテルで、女性の両手をわざと弛めに縛った。出来るだけ早く警察に通報して貰いたかったからである。夜中までホテルのラウンジに居るわけにはいかない。ホテルから脱出する為の、私なりの工夫である。だが、このことは相手には話さなかった。

「分かったよ」相手は全然分かった様子も無く言った。

「当分の間、大人しくしていてくれ」

やはり、無期休業に限り無く近い状態である。せっかくの工夫も効果はなかったようである。

「連絡するよ」私は呟いた。

「頼むから、逮捕されないでくれ」相手が会話を締めくくった。

第十一章　殺し屋の思惑

「どうだね」

「どうもね」

いつもの部屋でいつもの会話から始まった。この前会った時から七ヶ月経っている。期間が短くなっている。これは吉兆と言えるのか？

「幾つかの未解決殺人事件の捜査本部が解散している。君の関わった事件も含めて」相手は報告するように言った。

「どれだ？」私は訊いた。知っておく必要がある。

「未解決事件全てか？　君の事件か？」

「俺の方だ」私は確認したかった。

「君が対象者の上着の襟を開いて刺した件と、対象者の首をスカーフで締めた件だ」

成る程。物取りの線で捜査しても解決しなかったと判断したのだろう。

「但し、任意捜査は継続されている。被疑者に現場不在証明がある事件とともに、被疑者の足取りを洗っている」

「共通の足取り先はあったのかい？」

相手は唇を引き締めた。「無かった」

私は、相手と依頼人との間に仲介者が存在していることは承知していたが、その仲介者は複数存在することを、今確実に知った。今までの私の仕事も別々の仲介者からの依頼なのかも知れない。仮に、同じ仲介者だと、捜査本部が依託殺人の線で依頼人の足取りを調査した際、同じ人物を訪ねた事実が判明したら、調査が捜査に切り替わることは明らかである。

相手は、私のそんな考えを見透かしたかのように言った。

「君は、君の心配さえしていればいいんだ」

「俺の方からの破綻は無かったということだったがね」

「前回の件は違う」相手は鋭く言った。「君は、その場にいた女性の他にも誰かに見られていたかも知れない」

「じゃあ、あんたの情報源で確かめてくれ」

「一つの情報を引き出すために、幾ら掛かっていると思ってるんだ」相手は溜め息をつくように言った。

「情報には金がつきものだったな」私は以前の会話を思い出して言った。

「つまり、最も確実な情報は金によって買われたものだ」相手は教えを垂れるように、私に教えた。

「英明な君主や知将が、行動を起こせば必ず勝ち、尋常一様ではない大成功をおさめるのは、人より一歩も二歩も先んじて情報を入手していればこそである」私は長い台詞を吐いた。

「『孫子の兵法入門』を引用するのは止めろ」とは言わなかった。相手は感心したように言った。「君は『孫子』を読んでいたんだったな」

「要約本だけどね」私は二冊読んでいる。相手はもっと読んでいるに違いない。

「『孫子』を出すまでもなく、この商売では情報が切り札だ」

どっちの商売のことだ？　まあ、私と話しているのだから、裏社会の商売のことだろう。

「私のクライアントには、いち早く情報を伝えているがね」

おや、表の経営コンサルタントのことか？

「合衆国の大統領予備選挙の結果などは、世界中が同時に知るところだが」相手が嘆くように言った。

「民主党か共和党かで、あんたのクライアントが損益を出すのかい？」相手がアメリカと言わないで合衆国と言うのに気が付いていた。イギリスと言わずに英国もしくはＵＫと呼ぶように。何かのこだわりなのだろう。

「合衆国では、未だに一部の支配者の思惑だけで、大統領が選出される」

「選挙をしているじゃないか」私が指摘した。

「選挙は、結果に過ぎない」

「結果？」私は混乱した。

「合衆国は一時期、例えばＷＡＳＰ（白人、アングロサクソン、プロテスタント）の支持がなければ大統領候補にすらなれなかった。民主党にせよ共和党にせよ、そのような一部支配者の意に叶っていなければ党内予備選を戦えない」

「だが、現職の大統領は白人ではないぞ」私は指摘した。

「一部の支配者層は、女性よりは男性を選んだ、と言えるね」

「成る程」私はその時、どちらの候補者も「アメリカ初」となる前回の民主党内選挙を思い出していた。

「尤も、今回の共和党の候補者に関しては、利害の衝突が避けられないはずだ」大金持ちの候補者はヘイトスピーチにしか聞こえないスピーチをしている。

「それを民主主義だと、彼等は言っているのか？」私は呆れて言った。

「それを民主主義だと、彼等は言っているんだ」相手は鸚鵡返しに言った。

「世の中に真の民主主義はないのかね？」

「以前に、ドイツ国家社会主義労働者党が選挙で勝った件を話したね？」

覚えている。大変興味深い話題だった。ナチスが民主主義の手続きを踏んで、政権を奪取した件である。

「覚えているよ。今の話じゃ、そっちの方が公平に聞こえるね」

「だが、その後のドイツ帝国はどうなった？」

「今のアメリカの方がましと言うわけか」私は納得できなかった。

「そうではない。多数決は必ずしも、君の言う真の民主主義の手続きにはならない、と言うことだよ」

相手は一枚の書類をスーツの内ポケットから取り出して、テーブルの上に置いた。「対象者だ」

私は丹念に情報を読んだ。読んで愕然とした。

「気が引けるかね？」相手は、私の表情を読んで言った。

「いや。ただ、ちょっとね」

「終わったら、必ず返してくれ」相手はいつもの念を押す。そして付け加えた。「ただちょっと、何なんだ？」

「何でもない。忘れてくれ」私は感じたことを言うつもりは毛頭無かった。

「依頼人は？」

相手は言った。私は思わず眉を上げた。

「理由は？」

相手は言った。私は内心を表情に出さないように努めた。

相手は疑わしそうに私の顔を見ながら、白く分厚い封筒をスーツの内ポケットから取り出した。前金である。「対象者の情報を読んで、動揺したように見えたぞ」

私は封筒を薄手の生地の上着の内ポケットに仕舞って言った。「俺のやるべきことに支障はきたさないよ」一枚の書類を反対側の内ポケットに仕舞った。

「さっきの話だが、多数決が真の民主主義の手続きにならないとしたら、真の民主主義とは、一体何だ？」私は訊いた。

「真の民主主義とは」相手は教えを垂れるように言った。「多数決が大原則だが、少数意見をも尊重する姿勢だ」

それは分かる。「今のアメリカにはそれが無いのか？」私は訊かずにはいられなかった。

「今の合衆国に、それがあるように見えるかね？」相手が逆に訊いてきた。

「あるとは、とても言えないように見えるよ」私は正直に言った。

相手は頷いた。「今の日本には、あるだろうか？」

私は呻いた。「あって欲しいとは思うよ」

相手は再び頷いた。「さっき君は公平という言葉を遣ったが、資本主義社会である以上、公平などあり得るかね？」

「資本主義と民主主義とでは、言葉として遣われるべき範疇が違うだろう」私が指摘した。

「その通り。そして多くの者が、この二者が両立し得ると勘違いしている」相手が指摘した。

私は釈然としないまま相手の顔を見た。そこには年季のいった経営コンサルタントの顔があった。資本主義の社会の中で生き抜き、民主主義を幻想に過ぎないと断じる顔である。

「書類を返すのを、忘れないでくれ」相手が会話を締めくくった。


対象者を監視して六日経った。

対象者は、朝自宅を出て目的地までバイクで移動する。バイクはホンダの５００ccで二十分で到着する。午後の早い時間にバイクでコンビニエンスストアに寄ることが多い。夜遅くにバイクで帰宅するのが四回あった。時々バイクを使わず地下鉄で移動することもある。その夜は呑み会があるからである。

機会は幾らでもある。しかし、どうやっての項目に対する解答が得られない。二つの捜査本部が解散したとは言え、他の捜査本部は捜査を継続中だし、容疑者の足取りを洗う調査も進行中のはずだ。ここで警視庁の注意を引くことは、できるだけ避けたい。それでいて、絶対確実な方法などあり得るのだろうか。このパズルのような、ピースをどう動かしても当て嵌まらない問題に対し、私は悩んだ。もう少し監視を続けないと解答は得られない。

「どうだね？」

「跳ね返りは、無い」

三週間後のいつもの部屋の、いつものやり取りで会話が始まった。

「書類を返してくれ」相手は片手にダンヒルのライターを持っており、片手で書類を受け取ると、灰皿の上で慎重に燃やした。いつもの儀式である。

「今回、捜査本部は立ち上げられていない。今のところは」相手は不思議そうに私の顔を見た。「事故だと考えられている」相手は白くて分厚い封筒をスーツの内ポケットから取り出した。スーツは違う生地のオーダーメイドで、ネクタイはグッチで、タイピンはダンヒルの違うデザインだった。タイピンはダンヒルがよほどお気に入りなのだろう。私は封筒の中身を検めもせず上着の内ポケットに仕舞った。私の上着は、先日と同じである。

「訊いて良ければ」珍しく、相手が同意を求めた。

私が頷くと「どうやって事故に見せかけたんだね？」

「事故に見せかけたんじゃない。事故だったんだ」私は応えた。

相手は理解に苦しむような表情を浮かべた。「事故だった？　君が仕組んだのではないのかね？」

「仕組んだことは仕組んだが」私は冷静に言った。「結果としては、事故が起こった」

「成る程」相手は理解したように言った。「何をしたんだ？」

私は、対象者がバイクでコンビニエンスストアから自宅に戻る一方通行の、細い道路に仕掛けをした。勿論、夜遅くの他の通行人がいない時を狙ってである。

「しかし、それでは他の人間を巻き込むことにならないのか？」相手が当然の疑問を口にした。

「そうならないように、二週間監視を続けたんだ」わたしは応えた。

「警視庁の交通課も手強い相手だぞ。何らかの痕跡を発見することもあるだろう」相手は指摘した。

「だとしても、決定的な証拠にはならない」私は決定的な指摘をした。

「捜査一課が動かないという自信はあったのか？」相手が疑わしそうに言った。

「違う。一課が動くには材料が少なすぎる、そう判断しただけだよ」

「君が判断した？　判断するのは警視庁だろう」

「あんたがそう言うのなら」私は逆らわない。

私はその夜、ワイヤーを電柱と電柱の間にピンと張った。映画『大脱走』でスティーブ・マックイーンがドイツ兵からバイクを奪った方法である。転倒したドイツ兵をマックイーン演じるシュルツ大尉がどうしたかは不明だが、私の方は対象者の息の根を止めた。転倒による頸椎の骨折に見せかけて。確かに、相手が「事故に見せかけた」と言ったのは正しい。

「君は先日、対象者に関する情報を読んだ時、何に驚いていたんだね？」

「それに気付いているなら、その答えも分かっているだろうに」

「そうか」相手は納得したように言った。「対象者の年齢か」

「若いから気の毒だ、なんては思ってもいないよ」私は平静に言い切った。「依頼人の理由からも頷けるしね」驚くべき理由だが、納得も出来る。

「にもかかわらず、君は動揺を見せた」相手が指摘した。

「初めてのケースだったからね」私が指摘した。

「そして君は、初めて事故に見せかけるようにした」相手が再び指摘した。

「警視庁管内での未解決殺人事件の数を考えれば、捜査一課の注目を浴びないようにしなければね」私は再び指摘した。

「仮に、あれが事故ではないと交通課が断定したら、捜査本部が立ち上げられ、まず対象者の身辺が洗われることだったろう」相手が意見を言った。

「そこから依頼人に嫌疑が懸かるかね？」私は当然の疑問を口にした。

「当然、現場不在証明があるから、捜査本部は厄介な事態を抱え込むことになったろう」

相手は私の顔をじっと見詰めて言った。ここまでは仮定の話である。

「現場には事件性を示唆する物的証拠は無い、と見られている」相手が報告した。

大変結構。

「何か言ったか」相手が訊いた。私は思わず独り言を言ったらしい。

「いや」

「当分は大人しくしていてくれ」相手は私を見詰めて言った。

「連絡するよ」私は呟いた。

「そして、頼むから逮捕されないでくれ」それで会話を締めくくった。

第十二章　殺し屋の技術

「どうだね」

「どうもね」

いつもの部屋でのいつものやり取りから始まった。前回から半年経っている。期間がまた短くなっていた。吉兆だろうか。前回の件は結局事故で処理されていた。

相手は私の身体を眺め回して言った。「調子はいいようだな?」

「まあね」私は応えた。「サミット開催中にテロは起きなかったな?」

「水際作戦が功を奏したのだろう」相手が言った。

「水際作戦?」私は軍事作戦かと思った。連合軍の大陸反攻作戦に対して、ロンメル元帥が採った作戦だが。言うまでもなく第二次世界大戦のことである。

「空港、港湾で危険人物と危険物を押さえる方法だ」相手が説明した。

成る程。「国内にだって、テロリストのシンパが居るだろうに」私は主張した。

「その殆ど全てが、公安部に把握されているんだ」相手は指摘した。「情報の大切さが分かろうというものさ」

確かに。「先知なる者は、鬼神に取るべからず。事に象るべからず。度に験すべからず。必ず人知に取る者なり」私は『孫子』を引用した。

相手は「孫子を引用するのは止めろ」とは言わなかった。むしろ感心したように言った。

「第十二、用間篇だな」相手の読書量は、私のより遙かに勝っている。「従前のテキストでは最後の十三篇だが」

「十二を用間篇として十三を火攻篇とするか、逆にするか、あんたはどっちだと思う?」

私は興味を持って訊いた。

「実は用間篇を最後にした方が良いと思う」相手は言った。

実は私もである。

「現実的な戦い方を説いて、最後に最も高等な戦略を説く、というわけか?」私は確認した。

「君の読書量には、驚かされるよ」相手は驚いたという様子も無く言った。「君のその豊富な読書量が、君を警察の手から守っていると言えなくもない」相手が指摘した。

「為になることは確かに多いね」私は謙虚に応えた。

相手はスーツの内ポケットから一枚の書類を取り出した。スーツはオーダーメイドでネクタイは今日はヴィトンで、タイピンはダンヒルだった。

私は情報を丹念に読んで驚いた。「熱海だと？」

「そうだ」相手はそれが何だという感じで応じた。

「向こうに宿泊しなければならない。経費が掛かりすぎる」私が指摘した。

「経費も報酬の一部のはずだぞ」相手が指摘した。

「これまではね」私は認めた。

「それなら、これからもだろ」相手が痛いところを突いた。

「ここは相談だね」私は提案した。

「何をだ？」相手が露骨に警戒して言った。

「五パーセント上乗せだ。本来なら十パーセントと言いたいところだが、長年の付き合いだからね」私は穏やかに言った。

「五パーセントだと！　一体何処からその数字が出て来るんだ？」相手は初めて大きな声

を上げた。

「俺が唯一の候補者なんだろ？」

「ロス・トーマスの引用は止めろ」相手は本当に怒って言った。「長年の付き合いなら、もっとまともな数字が出るはずだ」相手はねばって言った。

「言葉は知っているが、言い方を忘れてしまったよ」

「ギャビン・ライアルの引用は止めろ。しかも言葉が違っている」相手は鋭く言った。

「言っておくが、君が唯一の候補者ではないんだぞ」相手は脅すように言った。「この話を他に持って行くことも出来るんだ」相手は脅している。

「だが、俺が呼ばれている」私は脅しに屈せずに言った。

相手は深々と息を吸った。

「私が折れると、何故思う？」

「こうして話し合っているからさ」私は相手の痛いところを突いた。

相手は、怒りを露わにして言った。「止むを得ん」私を睨み付けて言った。「今回だけと言う条件で」スーツの内ポケットから白く分厚い封筒を取り出して言った。

「遠隔地なら同じ条件になるよ」私は念を押した。封筒の中身を検めもせず上着の内ポケットに仕舞った。

「依頼人は？」

相手が言った。

「理由は？」

相手が言った。「メモを取らないでくれ」念を押すことを忘れなかった。


対象者の監視を始めて六日が経った。

対象者は、所謂養護老人施設に入居している。熱海市の各所にあるライフ・ケア・マンションの一つである。防犯カメラが設置されており、フロントには係の人間が常時詰めている。二十四時間体制で、入居者にもしもの事があった際にも素早く適切な対応が取れるようになっている。対象者は外出が出来ない身体である。常に自分の住居内で生活している。このような鉄壁と言って良い住居に立ち向かうのは初めてである。

これまでにも、高価で完璧な防犯システムのマンションの住人が対象者だったことはある。その場合は住居に侵入せずに、事を行った。目撃証人を作らない。これが私のやり方である。だが、敢えて目撃証人を作ったこともある。問題はどれだけのリスクが生じるかである。確かなことは、今回は施設に侵入しなければ事は行えない、ということである。私は情報の書類を読み直した。対象者の生年月日、親族の氏名と住所、その他諸々が記載されている。

いつ、どこで、どうやって、の三項目の中で、どこで、は決まっている。対象者が施設から出られないのだから、施設の中でとなる。では、いつ、どうやって？

もう少し監視を続けないと、その解答が得られない。

「どうだね？」

「跳ね返りは、無い」

三週間後のいつもの部屋で、いつものやり取りから始まった。

「書類を返してくれ」相手は片手を伸ばし、片手にダンヒルのライターを握っている。私から書類を受け取ると、灰皿の上で慎重に燃やした。いつもの儀式である。

「対象者の年齢から言って、自然死という診断が下された」

相手の情報源に、心底感心した。静岡県警にも情報源がいるのだろうか？　相手はスーツの内ポケットから白くて分厚い封筒を取り出して言った。「五パーセントの割り増しだ」

私は中身を検めることなく上着の内ポケットに仕舞った。

「検めなくていいのか？　五パーセントに固執していたじゃないか」相手は訊いた。

「前にも言ったが、あんたがそんなことをするはずがないだろ？」私は応えた。

「今度ばかりは分からんぞ。何しろ五パーセントでも大金だ」相手は指摘した。

「俺にとってはね。だがあんたにとっては、そうじゃない」私は指摘した。

「あの施設では、一応地元の警察にも連絡をした」相手は急に話題を変えた。「だが警察は死体解剖まではしなかった」

私はそうなることを期待していた。もし、死体解剖していたら都合の悪い事柄が判明してしまうからだ。自然死に見せかけることが、今回の件では絶対条件だった。

「訊いて良ければ」相手は最近よく使う文句を言った。私は沈黙で応えた。「どうやって施設に入ったんだ？」

「宅配業者を装って」私は応えた。

「それでは、防犯ビデオに映っているんじゃないか？」相手は眉を上げて言った。

「髭を生やし、眼鏡を掛けていたよ」私は安心させた。

「だが、記録に残る。宅配業者の入館が」相手は尤もな指摘をした。

「その通り。事件性があれば、宅配業者は確認されただろうね」私は冷静に指摘した。

「もし事件性があると判断されたら、宅配業者を装った不審人物として手配されたかも知れないじゃないか?」相手は憤然として言った。

「その通り。だがあんたも言った通り、事件性は無いと判断された」私は落ち着いて指摘した。

「随分危ない橋を渡ったように思うが?」相手はまだ納得をしない様子で言った。

「今回、対象者が施設から出られない状態である以上、こちらが入らなければならない」私は指摘した。相手が不承不承頷いた。

「その場合、二つしか方法は無い」私はずばり言った。

相手は黙って私に続けさせた。「一つは親族を装って見舞いの為の入館だ」相手は頷いた。「もう一つは、宅配業者だ。親族からのお祝いの品を運んで来ると言う」

「お祝い?」相手が理解に苦しむという表情で応えた。

「あの日は、対象者の誕生日だったんだ」私は対象者に関する情報で確認していた。

「そうか」相手は必ずしも納得しない様子で訊いた。「だが、誰からの?」私はぐっと唇を引き締めた。「贈り物を送りそうな親族なら、誰でもいい」本当は違う。だが、そのことをここで言うつもりはなかった。

「それで、君は施設に入館できた。そして様々な証拠を残して出て来た訳だ」相手は非難するように言った。

「贈り物に相応しい、鉢植えの花を抱えてね。誰も怪しまなかったよ」私は事実を言った。

私は宅配業者の制服を着て、花を抱えて入館手続きを行った。受取人直接手渡しを口実に対象者の部屋に行った。受取人の直筆のサインが必要だと、受付で強調したのだ。部屋に入って対象者からサインを貰い、事に及んだ。心不全に見えるような状態を作るために、対象者に注射をした。目立たない足の親指の爪の下の部分にである。

「宅配業者の制服はどうやって調達したんだ？」相手が訊いた。

「盗んだよ」私は平然として応えた。

「そこの防犯カメラにも映っているんじゃないか？」相手は指摘した。

「俺とは全く違う人物に見えるようにしたよ」私は事実を言った。

「だが、どうしても分からないのは」相手が眉を寄せて疑問を口にした。「贈り物を送った親族は、本当は送っていないんだろう？」尤もな疑問である。

「その通り」

「警察が確認するはずだ」相手が指摘した。

「確認したと思うよ」私は言った。

「だが、親族は送っていないとは言わなかったのか？」相手は憤然として言った。

「その親族は、送ってもいない花を送ったと言ったんだろうね」私が微妙な点を指摘した。

「何と言うことだ！」相手は完全に怒って言った。「君は、関係者に嘘の証言をさせたことになる」相手は鋭く私を睨んだ。

「自分が送ってもいない贈り物が届けられた日に、対象者が死んだ。何か関連があると思うのが普通だろ？」

「すると君は」相手は怒りの炎を揺らめかせて言った。「その親族が偽証をするだろうと、初めから計算していたと言うわけか？」

「仮に送っていないと証言すれば、その宅配業者が怪しまれ、事件として扱われるようになっていただろうね」私は指摘した。「死体解剖もされ、自然死ではないと判断される」

「君はその親族の証言に、関係者全員の運命を委ねたことになるんだぞ」相手はまだ怒っていた。

「少しでも頭を働かせれば、何が行われたかは分かることだろ？」

相手は盛んに首を振っていた。「君がそんなことをするとは」

「どうして欲しかったんだ？」私は逆に訊いた。「捜査本部が立ち上がっても良かったのか？」

「そうではない。そうではないが」相手は怒りを静めようとして言った。「全く以て危ないことを」

「だが、結果的には捜査本部は立ち上がらなかった」私はこの際強調すべき点を強調した。

「そうだ。これで二件目だな」相手はちゃんと覚えている。

「俺にとっては、死活問題なんだよ」私は敢えて強調した。「警察の目が光らないようにするのは」少なくとも警視庁管内で、まだ解散していない捜査本部が幾つあることやら。

「当分は大人しくしていてくれ」相手は怒りを静めて言った。

「連絡するよ」私は呟いた。

「そして、頼むから逮捕されないでくれ」相手が会話を締めくくった。

伊坂幸太郎氏と東野圭吾氏に感謝申し上げます。心よりの敬意を込めて

筆者

事の始まり

第一章

「一体全体、どうなっているんだ！」彼は文字通り怒鳴った。金の掛かったスーツを着て、ネクタイを締めている。ピエール・カルダンであろう。タイピンはポール・スミス。

私は落ち着いて応えた。「見ての通りだ」

彼はその言葉が気に入らなかったらしい。「見ての通りだと？」彼は文字通りでなく噛みついた。「この状態から、何が分かると言うのだ？」そして文字通り叫んだ。「説明しろ！」

私はうんざりした。だが、彼の言うことは尤もなので説明を試みた。「結局のところ、失敗したんだ」説明には結論から始めることが最も効果的であることを、私は大学で学んでいた。

彼は息巻いて言った。「そんなことは見れば分かる」

「それなら」私は逆襲しようかと思った。「聞かなくても分かるだろう」世の中には、見ても分からない者には言っても分からない者が数知れずいる。彼もその一人なのだろうか。

「失敗したのは見れば分かる」成る程。彼はそのような分からず屋では無いらしい。「聞きたいのは、何故失敗したかだ」痛いところを突かれた。

「部品の不具合と、接続部分の技術的なミスに拠るところのものだ」私は正直に、しかし原因の全てを言わなかった。

彼は首を振った。「部品の不具合だと？　最良の物を選んだのでは無かったのか？」

「予算に限度があっただろ？」私は思い出させた。「最新の高価な物は買えなかったんだ」

彼は色めき立った。「予算の限度だと？　限られた予算の中で最良の仕事をするのがお前の役目だろうが」

その通り。だが実際に限られた予算の中では最良の仕事は出来なかった。しかし、今ここでそれを議論しても、何の解決にもならない。

「技術的なミスと言ったな？」彼は更に追求してきた。当然ではあるが。「それはお前の力不足と言うことか？」またしても急所を突かれた。

「そう取って貰って構わないよ」私は正直に言った。

「お前は、この方の専門家なんだろ?」彼は錐を揉み込むように言った。

「確かにそうだが、この作業が俺の手に余ったことも事実だ」私は部屋に散らかった装置の残骸を手で示した。

彼はその残骸をもう一度見た。大きく息をして言った。「これでどういうことになるのか言え」

私は慎重に言った。「まず、仲間をもう一人引き入れる。そいつに、今度は最高品質の部品で装置を完成させる」

「また金が掛かるじゃないか」彼はうんざりしたように言った。「金を出しているのはお前じゃなくて、俺なんだぞ」

その通り。彼が金を出し、私が装置を作る。実行は二人でやる。分け前は、彼が出した元金を除いて、折半する。これが今回の取り決めであった。もともとは私のアイディアだったのだ。

「このままでは、文字通り金の無駄遣いになってしまうよ」私が指摘した。

「無駄遣いをしたのは、お前だろう」彼は文字通り息巻いた。

私が黙っていると、彼はようやく落ち着いたらしく、未来に向かって思考を巡らしたようだった。

「よかろう、もう一人優秀な人物を見つけてくれ」彼は皮肉たっぷりに言った。「その人物へはお前の取り分の中から幾分か渡すということで手を打とう」

何だって？　それでは私の取り分が半分減ってしまう。だが、金を出しているのは彼で、その金無くして計画は成り立たない。

「分かったよ」私は大人しく言った。

部屋に散らかった、部品の一つ一つを片付けにかかった。うまくいけば、最高の装置が出来上がっていたのだが。残念なことをした。しかし、こぼれたミルクを惜しんでいては始まらないことを、私はこれまでの人生で修業していた。経験は成功の母であると言ったのは誰だろう。

私は知り合いの中で、この仕事に最も適した人物を、あれこれ考え始めた。

条件その一。私より電子機器に精通する人物。

条件その二。非合法行為を厭わない人物。

条件その三。報酬を欲張らない人物。

条件その四。秘密を守れる人物。

以上である。

二日後、私は都内の某所にあるコーヒー・ショップにいた。午前中であったが、客は結構いて、店内は立て込んでいた。私はブレンド・コーヒーを砂糖もクリームも無しで飲んでいた。ブレンドにしたのは、それが一番安い飲み物だったからである。

ここで待ち合わせをすると決めたのが昨日。相手はすでに五分遅刻している。十分経っても相手が来なかったら、携帯で相手を呼び出そうと思っていた。

二分後に、相手が現れた。バーバリーのトレンチ・コートを着て、ハンフリー・ボガートが被るようなソフト帽を被っていた。靴はリーガルのバックスキン。ジャケットはニューヨークのブランドだった。

変わっていないな。これが第一印象だった。だが、私の思考はそこでストップした。相手の後ろに若い女性が立っていたからである。どうして連れがいるんだ？　ここで話す事柄は秘密で違法の内容である。しかし、私はそのことを敢えて口にしなかった。説明は相手がするに違いないからだ。その理由が私にとって気に入らないことだったとしてもである。

彼女はレインコートを片腕に掛け、白のシャツブラウスに濃いグレーのジャケット、黒のパンツ、黒のローヒールを履いていた。私は女性のブランド品には詳しくない。

「久しぶりだな」私が言った。

「例の一件以来だな」相手が応えた。例の一件とは、後で述べる機会もあるだろう。

「こっちは」相手が横に出て来た女性を見て言った。「俺の助手だ」

なんとまあ、簡単な紹介だろう。他に言い方は無いのか?

「こいつは」俺の方を見て言った。「俺の悪友だ」

なんとまあ、いい加減な紹介だろう。他の言い方があるはずだ。

しかし、私は敢えてそのことに言及しなかった。本論に入る前に無用の議論は、時間の無駄であるからだ。

「初めまして」彼女が言った。

「今日は」私が言って、「座ってくれ」と続けた。

「俺はカプチーノ。君は好きな物を」相手が彼女に注文してくるように言った。

彼女はカウンターの方に歩いて行った。後ろ姿がなかなか美しい。

「どうだ？　後ろ姿が綺麗だろ」相手が言った。

驚いた。こいつは読心術を心得ていたのか？　他にも幾つも心得ているものがあるが。

「そうだな」私は、心底を見抜かれたことを悟られないように言った。

「何故、彼女を連れて来たかを訊かないのか？」相手が尤もな質問をした。

「それは、お前が話してくれるからだよ」私が当然の指摘をした。

「相変わらずだな」相手はにやりとした。「そういうところが、お前は他の連中と違うところだ」他の連中とは、後で述べる機会もあるだろう。

彼女がトレーにカプチーノと紅茶、砂糖とクリーム、水の入ったグラスを三つ載せて運んで来た。まず、私の前に水のグラスを置き、次に相手の前にカプチーノのカップを置いた。更に水のグラスを置き、最後に自分の紅茶のカップを置いてから水のグラスを置いた。トレーはテーブルの自分の近くに置いた。

その間、私達は無言だった。しかし、私は彼女が接客業の仕事の経験があるか、余程の躾をされてきたかのどちらかだと判断した。その両方の可能性もある。

私は本論に入る前の、謂わば序論から始めた。

「それはボルサリーノかい？」相手の被っていたソフト帽は、椅子の背もたれのトップに引っ掛けてある。トレンチ・コートは畳んで背もたれに掛かっている。

「俺はそんなに稼いでいないよ」相手は応えた。「日本製だ」

「だが、バーバリーのトレンチ・コートを着るだけの稼ぎはしているな」私は相手の椅子を見ながら言った。

「まあね」相手は顔を綻ばせて言った。「こいつは昔から服装にはうるさいんだよ」これは彼女に向けて言った。彼女は黙って微笑んだ。

「お前の方こそ、レザーのコートを着ているじゃないか」私の横の椅子に掛けてあるコートを見て言った。「イタリア製か？」

「いや、スペイン製だ」だが、買ったのは日本だ。その時は私の懐はかなり潤っていたのである。スペインの革製品はイタリアに負けず劣らず素晴らしい。スペイン本国で買えば、免税でもう少し安く購入出来たはずだが。海外旅行の出費は別の話である。今はそのことには触れない。

「ここに設計図がある」私はいきなり本論に入った。テーブルの上には、三人の飲み物しか置いていない。

「この設計図通りに部品を組み立て、製品を完成できれば」私は相手の帽子に向かって言った。「ボルサリーノを買えるだけの報酬を得られる」

私は横目で彼女を見た。彼女は静かに紅茶のカップに唇を当てている。紅茶はダージリンかアールグレイだろう。私は香りからアールグレイと断じた。

「では、その設計図とやらを拝見しようか」相手は私の思考を遮断した。

「その台詞は、この話全体に乗るということか？」私は確認した。

「その前に、俺達の取り分は？」

俺達だって？　何てこった。彼女の分はまるっきり考えていなかった。そもそも、彼女という存在が一緒に来るなんて、私に予想出来たであろうか。

「彼女はお前の助手だろ」私は彼女を見ないで言った。「お前達の取り分は、二人合わせて」私は声を低くして続けた。「全体の上がりの四分の一だ」

相手の目が一瞬きらめいた。「すると仲間は他に二人いるのか？」相手は昔からそう言う点は聡かった。

「いや、一人だ」私は正直に言った。

相手は眉を上げた。納得いかないのは当然である。私だって相手の立場なら納得いかないだろう。

「そいつは、スポンサーでもあるんだ」私は苦しい言い訳ををした。

「その全体の上がりとやらは、どれ位を想定しているんだ?」相手が具体的なことを口にした。

「少なく見積もって」私は、金額を口にした。相手は表情一つ変えず、隣の彼女はカップを静かに置いた。

「よかろう」相手は即断した。即断即決は相手の昔からの流儀だ。

私は薄い書類鞄から、初めて設計図を取り出した。そしてテーブルに広げた。

相手はその配線等を隅から隅まで見詰めていた。隣の彼女は設計図を全体的に眺めるような感じだった。

「これはお前が引いた図面か?」相手が確認した。

「そうだ」私が確認した。

「良く出来ている」相手は褒めているのではなく評価した。「だが、制作可能ならの話だ」

やはり。私が失敗したことを見抜いているだろうか?

「制作可能か?」私は確認した。

「可能だ」相手が確認した。「但し、最高級の部品が必要だぞ」

「分かってる」私は請け合った。

まあ、こんなもんだろう。私は再び横目で彼女を見た。

彼女は設計図から目を逸らして、再びカップを取り上げていた。紅茶はアールグレイに間違いない。

私は結論に入った。

「俺が連絡を入れた翌日にスポンサーを紹介する。時間と場所は任せてくれ」

相手が笑った。「きっといい所なんだろうな」

「お前がびっくりはしないが、感心はする場所にしておくよ」私は請け合った。

相手はカプチーノを飲み干して、隣の彼女を見た。「いいか？」

彼女は既にアールグレイを飲み終えていた。彼女が頷いた。

相手が先に立ち上がった。続いて彼女が立ち上がった。トレーに自分達の飲み物の容器を載せている。私は座ったままだった。

「じゃあな」相手が言った。

「連絡するよ」私は応えた。

彼女は微笑して、軽く頭を下げた。そしてトレーを持って行った。

結局、彼女は一言しか発しなかった。私が何らかを話し掛けていたら、声を出していただろうか？　まあ今はそんなことは二の次である。

私があいつと出会ったのは、大学生の時だった。

私は都内にある某私立大学の二年生だった。あいつは別の私立大学の二年生で、大学同士の同好の志が集まる会合で出会った。会合は新宿の地下街の喫茶店で開かれた。七つの大学から、全員で三十人ほど集まった。たまたま私の隣にあいつが座った。いや、あいつの隣に私が座ったのだ。

みんながマルクス・レーニン主義や、唯物史観や、体制打倒の方法論を、あちこちで話し合っていた。この会合は月に一度、同じ場所で行われていた。今考えると、よく公安部に検挙されなかったものだと思う。まあ、話すだけだから学生の遊びと見なされていたのかも知れない。

しかし、中には真剣な者もいた。いや、全員真剣だったと思うが、具体的な行動を企てていた者は少数だった。

あいつはその一人だった。あいつは爆弾を作ることが出来た。二度目に会った時、そのことを私に明かした。何故明かしたのかは、今以て分からない。私はどちらかと言うと行動派ではなく、議論派の話を聞く学生だった。

あいつは結局その爆弾を使わなかった。だからこうして今も生きている。爆弾は作ったはずである。それを使わなかったのは、闘争そのものに幻滅したか、自分の属するセクト主義に嫌気がさしたか、身の危険を感じたか、就職活動に舵を切ったかの、どれかだろう。いや、その全部かも知れない。

私はあいつが爆弾の回路図を引ける数少ない学生として、強い印象を受けたに過ぎない。あいつから、思想信条を聞いたことはなかった。主に私が質問して、あいつが応えたのは様々な回路に関してだった。

当時は、全共闘の最後の時代で、七十年代安保闘争の最終局面でもあった。

私の大学に中核派の拠点があり、ピケを張っていたり、時にバリケードが築かれたりしていた。キャンパスの中庭には校舎の窓から吊るされた横断幕が見えた。だが警察が大学構内に入ったことは一度もなかった。

私が一年生の最初のクラス・ガイダンスで、いきなり学生運動をしている上級生達が教室に入って来て、演説を始めた。曰く、共に闘おうではないかと。今の世の中は間違っていると。私は真っ先に立ち上がって、出て行ってくれ、ここは自分達の教室で、今は自分達の時間である。たとえ上級生であろうとも、礼を弁えるべきだ、思想信条の自由は憲法に保障されている、我々はあなた方の主張を聞く義理はさらさらない、と。教室内は一瞬凍り付き、次の瞬間何人かの同級生から拍手が起こり、やがてクラス全体が同調した。上級生達は顔を赤くして、教室から出て行った。ざまあ見ろである。

　私が男子の多数から、女子の数人から声を掛けられたのはその日のうちだった。私は一躍人気者になっていた。だが、私は思ったことを言っただけで、クラスの人気者になる為に言ったわけではなかった。

　私が数人の上級生から声を掛けられたのは、数日後だった。まあ、そうなるだろうなとは思っていたが。そして、私は学生運動なるものに参加した。

　あいつがどうして、私と同じ道に入ったのかは聞いていない。言えることは、私もあいつも、当時のやり方では社会は変えられない、ということを認識していた事実である。

　私の学生運動は、大学卒業と共に終わった。色々なことを知り、色々な人を知ったということでは、有益だったと言えるだろう。あいつはどうだったのだろう。

　あれから二十年。あいつとは連絡は取り合っていた。時々会う折に、あいつの服装は上等になっていき、いつも違う女の子を隣に連れて来た。大抵が黒髪でセミロングの美女だった。まあ、今日の助手と称する彼女がトップ・クラスなのは間違いない。

助手と言うからには、回路が理解できるのだろう。彼女は設計図の全体を眺めるように見ていた。分かったに違いない。勿論、爆弾ではない。あるシステムを、停止することなく迂回させる回路なのだ。完成できれば、特許も取れる優れ物だ。いや、特許は取れない。特許許可局はすぐさま警察に通報するだろう。

四人が顔を合わせたのは、それから三日後、スペイン坂の上のとあるカフェだった。

私が一番先に到着し、店のスタッフに奥のボックス席は空いているか、と訊ねた。空いているということなので、後から三人来ると告げ、生ビールを注文した。

次にあいつと彼女が連れ立って来た。あいつはこの間と同じトレンチを羽織り、別のニューヨークのブランドのジャケットを着ていた。靴はグッチだった。ソフト帽は色が違っていた。彼女は前と同じコートに濃い青のジャケット、薄いグリーンのブラウス、白のパンツに前と微妙に違う黒のローヒールだった。店のスタッフに案内されて来た二人は、私のビールを見て、あいつは眉を上げ、彼女は微笑んだ。吉兆である。彼女が眉をしかめたら、この顔合わせは失敗に終わるだろうと思っていた。いや、彼女は自分の考えを顔に出すタイプではない。そのことは、先日で分かっていた。メニューを見て、あいつはグラスの白ワインを、彼女はダージリンを注文した。彼女は紅茶党なのか？　後でボストン・ティーパーティー事件の話をしてみよう。

最後にやって来たのがスポンサーの彼である。店のマネージャーに案内されて来た彼は、私のビールに眉をしかめ、あいつのワインに唇を引き、彼女を見て私を睨んだ。彼はベイカー・ストリートのブレザーを着込み、ネクタイはアルマーニ、タイピンはディオール、靴はバリーのスリッポンだった。彼がダージリンに関しては、何を思ったのかは分からない。彼は私を非難する前に、店のマネージャーにシェリーを注文した。

「岡田さん、お連れ様がいらっしゃるのは珍しいですね」マネージャーが私に笑顔で言った。その一言で、その場の緊張が一気にほぐれた。

「たまにはね」私は落ち着いて言った。「仕事仲間です」本当のことだ。

私はこの店によく来ており、マネージャー始めスタッフ全員と顔見知りなのである。

彼のシェリーが運ばれたところで、私が紹介を始めた。

「スポンサーの中島」二人に言った。「こっちが川崎」彼女を見て「その助手」そう言えば彼女の名前を聞いていなかった。

「お前は二人だとは言わなかったな」中島は早速私を非難した。

「そう言ったら、お前は来なかっただろうよ」私は指摘した。

「要するに、俺を騙したわけだ」中島は追及の手を弛めない。

「騙してはいない。全部を言わなかっただけだ」私は追求から逃れようとした。「騙されたと思うのは、お前の勝手だがね」これを世の人は言い逃れと言う。

川崎と彼女は、この遣り取りを物珍しそうに眺めていた。いや、彼女はダージリンのカップの陰から見ていた。彼女のその姿は、先日のコーヒー・ショップでも見ることが出来た。

中島はまだ何かを言おうと思ったようだが、彼の現実志向がそれを押さえ込んだ。その代わり「その助手の分も、お前の取り分からだぞ」と念を押した。

「分かっている」私は第一関門を越えた思いで、大きく息を吐いた。そして第二関門に差し掛かった。

「お名前を教えて下さい」私は彼女の顔を真正面から見て言った。

「紀子です」彼女は笑みを湛えて言った。「糸偏に己の紀子です」

中島が何か言い出しそうだったので、私がすかさず「これで、全員の名前が分かったので」私は続けた。「計画を進めることが出来る」

川崎は一連の遣り取りを、面白そうに見ていた。

「あんた達は」川崎は言った。「いつもこんな風なのかい？」

「お前が、彼女の名前を言おうとしたら、いつもと違った展開になっていたよ」私はずばりと言った。中島が口を歪めたのが、横に見えた。

「何故だ？　彼女は俺の助手で、俺から紹介しても何の不自然もない」川崎が当然の疑問を口にした。

「これは世間一般の商談では無いんだ」私は辛抱強く言った。「彼女の口から言って貰うのが、俺達の言うところの筋なんだ」中島が多少背筋を伸ばしたのが、横に見えた。

紀子という女性は、艶然と微笑んだ。彼女は本当に、俺達の仲間として相応しいと思えてきた。こう言うことは、大体的中するものなのである。

「ここはいい店だな」川崎が言った。

「テレビ・ドラマの撮影にも使われたんだ」私が言った。「言った通りだろ？」オープンテラスにテーブルが幾つもある。桜の頃は大層な込みようになる。

「こいつは」中島が言った。「店にはうるさいんだ」

「例えばこのカフェのように？」川崎が訊いた。

「他にも、例えば」中島が応えた。「銀座のクラブも」

紀子が再び微笑んだ。

第二章

そもそもの事の始まりは、私が銀座でプチ豪遊していた時に遡る。私は時折訪れる所謂高級クラブで、スコッチの水割り（薄めにしてくれ）を飲んでいた。店内は程良い間接照明で驚く程感じが良く、上品な雰囲気を醸し出していた。私の隣にはスリットが深く切れ込んだ深紅のドレスを着た女の子が座り、向かい側には和服をきちんと着こなしている女性が座っていた。

私はその店の常連と見なされており、店の奥まったソファーに案内されていた。客は他に二組おり、それぞれホステスが三人ずつ付いていた。客の一組は、明らかな接待で、時折談笑が聞こえた。もう一組の客は、知り合いの間柄に見えた。私が注目したのは、後の方の客の言葉である。

私はそれまで、ホステス達と最近の映画や芸能人の噂話をしていた。その時、接待組の談笑の切れ目に、知り合い組の一人が海外旅行に行くと話しているのが聞こえた。ホステスの一人が、どちらに行かれるのですか、と訊ねたら、ヨーロッパ八ヶ国だと言う声が聞こえた。三週間のツアーで夫人同伴だとのこと。客の服装は上等だった。明らかにオーダーメイドで、ネクタイはルイ・ヴィトンのデザインと見える。タイピンは恐らくダンヒル。カフスボタンもしている。ブランド名は此処からでは分からない。だが要するに金持ちと見て間違いない。そこで私は自分達の話題を、海外旅行に移していった。最近何処かへ行った？　この前ハワイに、後でお土産にマカデミアナッツ・チョコレートを差し上げます。ありがとう。自分はパスポートの期限が切れてしまって、どこにも行けないんだ、等々。

知り合い二人組は、十一時を廻ったところで会計を頼んだ。私も不自然にならないタイミングでチェックをした。ホステス達に見送られて二人組は、別々のタクシーに乗り込んだ。私もタクシーを止めて貰って、ホステス達に別れの挨拶をした。ちゃっかりハワイのお土産のチョコレートを持って。乗り込んで、運転手に言った。

「前の車を付けてくれ」

運転手は真面目に「どっちの方ですか？」と訊いてきた。前のタクシーは二台いる。

私が「前の方だ」と応えると、

「了解しました」と言った。

車は外堀通りに出て、虎ノ門、溜池を過ぎ、赤坂に向かった。赤坂の飲食店の建ち並ぶビルディングの合間に、マンションがあった。こんな所に？　と思うような場所である。タクシーはその前で止まった。私はもう少し先まで行かせて、止めた。

「お客さんは探偵ですか？」

「いや、交信所の者だ。日本に私立探偵は存在しないんだ」

「へえ、まるでサスペンス劇場みたいでしたね」

「いや、単なる浮気の素行調査だよ」

「ありがとうございました」

「釣りは取っておいてくれ」

私は素早く、マンションの前に行き、明かりの付いている部屋を確認した。そのマンションは古いが、防犯システムは最新だった。成る程。鉄壁の砦を攻撃することになる。

私のアイディアはこうだ。夫婦二人がヨーロッパ八ヶ国を巡るツアーに参加している三週間に、その住居に侵入し金品を頂戴する。子供達はそれぞれ独立して別に暮らしている。文字通りの留守なのである。実に単純である。しかし、マンションの防犯システムをどう回避するかが大きな問題である。警備保障会社が二十四時間体制で対応する仕組みで、カメラは考えられる場所に殆ど設置されている。

私はこのヤマを中島に持ち込んだ。一人では出来ない事である。まずマンションの管理人が常駐しているかを確認しなければならない。

中島は警察官の制服を着込み、勿論制帽を被り、クリップボードを片手に、マンションのエントランスに乗り込んだ。地域巡回と、住民の異動の確認を装って。そのマンションには管理室があり、夜十時まではシルバー財団の管理人が詰めている。朝は七時には管理室に入っている。

「最近、不審者は見かけませんでしたか？」自分が不審者である中島が、警察官になり切って訊いた。

「聞いていませんね」管理人が応えた。

「別の管轄でですが、ストーカー被害が出ました」中島は本当らしく言った。

「おや、ひどいねえ」

「何かありましたら、即一一〇番をして下さい。そうでなくても、この番号にお電話下さい」中島は港区赤坂警察署の代表番号を言った。そして巧みに管理室直通の電話番号を聞き出した。各警察署の電話番号はタウン・ページに記載されている。中島は軽く制帽の庇に手をやって敬礼の振りをした。

私と中島が交替でマンションを見張り、ついに問題の紳士の住居を突き止めた。後は侵入方法の検討である。詰まるところ、私の開発した（あくまで頭の中でである）回避装置の出来如何によるという結論に達した。

ところがこの回避装置制作は、私の手には余る作業だった。ということで川崎の出番となった。その助手もだが。私としては美人は大歓迎である。中島には別の考えがあるかも知れないが、そんなことはどうでもいい。私の回避装置を、川崎とその助手が完成させてくれることの方が重大である。

私と中島が知り合ったのは、ソウルのカジノでである。ルーレットの台を前に、アルコール飲料のサービスを受けながら、運んでくれた美人にウインクして、私はチップを張った。ルーレットの場合、チップを張るタイミングが重要だと言われているが、私は違うと思っている。肝心なのはクルーピエがどの目にボールを入れようとしているかを予測することである。彼等はそのテクニックを持っているからこそ、この職にいるのである。特に韓国は、カジノの従業員は全てバニーガールに至るまで、国家公務員なのである。従って、客の負け分は韓国の国庫に入るわけである。私の賭け方を見て、クルーピエがうっすらと笑みを浮かべた。セコい賭け方をする奴だと思ったのだろう。その通り。私はセコい賭け方をしたのである。負けを出来るだけ減らす方法で、勝ちはそれ程期待できない。しかし、この方法だと六対四で勝てるのだ。その時、私と似たような賭け方をしている日本人がいた。

それが中島だった。彼はその時も金の掛かった身なりをしており、チップも私の二倍を手にしていた。彼は暫くして、0と00に幾許かのチップを置いた。それまで0も00も出ていない。私も0と00にチップを置いた。0と00以外は親の総取りなのである。クルーピエがもうここまでと手でジェスチャーして、白い小さなボールがカラカラ音を立てて止まるのをその場の全員が固唾を呑んで見詰めた。くるくるルーレットはゆっくり廻り、ボールはかたんと音を立てて0の枠に収まった。中島と私の手元に三十六倍のチップが来た。そこで、プレイを止めて二人で悪事を働くことを話し始めた。

実は彼は詐欺師だった。だが、私が同業の者かも知れないと思って様子を見ていたらしい。私はその時既に悪事に手を染めており、相手が詐欺師ということが分かっても驚きはしなかった。日本に戻って、一度だけ中島の仕事の片棒を担いだ。しかし、私にはその方面の才能が無いと見てか、それ以降に似たような話は持ち込まなかった。

それよりも、私が中島に話を持ち込むことの方が殆どになった。今回のヤマのように。


私が銀座のそのクラブに顔を出したのは、タクシーを付けた晩から一週間経っていた。前回と同じホステスが付き、スコッチの水割り（薄めにしてくれ）を頼んだ。チョコレートのお礼を言って、ゴディバのトリュフをお返しにあげた。こういう細かな気配りが出来るかどうかで人格が測られるのである。このような店でも、他でも原則は同じである。

私は悪事を働くが、それを知る人はごく限られており、一般の人は私のことをいい人だと思い込んでいる。人によっては、優しい人とも思われている。あと、物知りだとも言う。それからお洒落だとも。それらは全部当たっている。自分で言うのも何だが。

隣に座った女の子は、今日は青いドレスでスリットは赤のと同じくらい深い。反対側の女性は前回と違う柄の着物と帯で、扇子を帯に差している。私はさりげなく、前回の客の話題へ誘導していった。海外旅行する予定の客はとある会社の社長らしい。やはり。俺もパスポートを取得しようかな、と言って、行きたい国はどこかと訊ねた。ドレスの子はプーケットと言い、着物の女性はイタリアと応えた。私はと訊かれて、トルコと回答した。以前イスタンブールやカッパドキア等に行こうとしていたら、テロ騒ぎで渡航出来なかったからである。

憎むべきはテロリズムである（学生運動をしていた私が言うのだから間違いない）。先日の伊勢志摩サミットの際、繁華街は多数の警察官で警戒体制が敷かれ、住宅街でもこんな所にと思う場所に警察官が立っていた。全て無線で連絡を取り合い、車両もスタンバイしている。サミットを警護するだけではなく、日本の都市を警護していたのである。こちらは、お陰で商売上がったりであった。しかし、サミットは無事閉会し（必ずしも有意義だったかは別として）、警察官の姿は街から消えた。そこが肝心な点である。悪事は静かな夜、警察官のいない所で行われるべきである。

「サミットでは重要な合意は何も得られなかったな？」中島が言った。今日は別のスーツにネクタイはイヴ・サン・ローラン、タイピンはヴァレンチノ。

「サミットは合意を得るのが、目的じゃない。サミットを開く事そのものが目的なんだ」

私は応えた。先進国の指導者が一列に並んで、カメラのフレームに納まる。

「そんなことに、俺の税金が遣われたのか?」中島は憤然とした。

「お前が税金を納めているとは驚きだ」私は茶化した。

「お前は納めていないのか?」中島が訊いた。

「納めているよ。残念ながら」私は応えた。

「それでも、お前は何とも思わないのか?」中島が突っ込んで来た。

「まあ、ある意味必要な無駄遣いだな」私は落ち着いて言った。

「その言葉自体、矛盾していないか」中島が追求する。

「世の中、矛盾だらけだ」私は事実を言った。

「ほう、後学のために、その一例を挙げてくれ」これは川崎が言った。今日のジャケットはまたしても別のニューヨークのブランドである。

「例えば」私はみんなを眺め回して続けた。「日本は憲法第九条を掲げながら、武器輸出を平気で行っている」

ここは私のマンションのリビングである。四人全員が集まっており、川崎は助手の紀子と共に、設計図に取り組んでいた。中島が金を出し、新たに購入した部品(最高級品)を組み立てていた。それは繊細で集中力を必要とする作業だった。

それを見ながら、私と中島は他愛もない会話をしていたのだ。

「憲法第九条だって?」中島が驚いたような表情を装った。「お前からそんな言葉を聞かされるとはね」彼は頭を振りながら続けた。「第二項には触れなくていいのか?」

「武器輸出に関しては、第一項だけで充分だ」私は応えた。「裁判になれば、間違いなく違憲判決が出るよ」しかし、裁判にはならない。誰が国を告発するのだ? 或いはその企業を? 日本の武器輸出は、一般にはあまり知られてはいないが、厳然たる事実である。

「矛盾と言えば、自衛隊と第二項はどうなんだい?」今度は川崎が口を挟んだ。

「それは矛盾しない」私は憲法学者のように応えた。「外国の人間からすれば、自衛隊は明らかに軍隊なんだよ。どう取り繕っても、ミリタリーと思われている」私は息を吐いた。文字通りである。「にもかかわらず、警察予備隊から保安隊、そして自衛隊と名称は変わっても国を守るという趣旨からすると軍隊とは見なされない。これが日本の言い分だ」

「外国に通用するとは思えない理屈だ」中島が皮肉るように言った。

「その屁理屈が通用しているんだ」私は指摘した。「その方が関係各国にも都合がいいからね」

「へえ」中島が感心した振りをして言った。「いやに詳しいじゃないか？　第九条に関して」「まあね」私は応えた。「大学の時、憲法の講義を一年間受講したからね」

「すると、お前は文系の学生だったのか？」中島が訊いた。

「理系の学生は憲法の講義は受講出来ないのか？」私が逆に訊いた。結論に飛び付くには短絡的に過ぎる。

「一般教養として、受講出来たはずだ」川崎が口を挟んだ。

「でも、お前は理系の学生じゃなかった」中島が結論を言った。

「証明してみろ」私が挑んだ。

「憲法第九条に詳しいお前が、この設計図の装置を完成出来なかったからだ」うっ、痛いところを突かれた。しかし、論理的には何の証明にもなっていない。

くすっ、と紀子が笑った。彼女は今まで黙って川崎の作業を手伝ってきたが、声を発したのはこの部屋に来た時に挨拶をして以来だ。彼女は今日は、薄い青のブラウスに濃紺のパンツ・スーツ姿である。

「完成したぞ」突然、川崎が言った。中島と私が、その手元を見詰めた。

「あんたは、間違いなく理系の人間だな」中島が川崎に言った。それは褒め言葉にも聞こえた。

「確かに」川崎はちらっと笑みを浮かべて言った。「この装置は、文系の人間には手に余るだろうね」川崎は私を見た。「だが設計図そのものは、理系の人間が引いたものと負けず劣らずだよ」それは私への褒め言葉に聞こえた。

「テストが必要だな」中島が言った。この装置が正常に作動するかどうかのテストのことである。「適当な場所がある」既にそこまで段取りを組んでいるのが中島の流儀だった。


翌日の深夜、私達は都内のとある倉庫の前に来た。

私は自転車でそこまで行った。私の自転車はパナソニックの二十一段変速のタイプで、LED照明もきちんと装着している。今は、無灯火を取り締まる交通警官が多く、信号無視とスピード違反、飲酒運転に次ぐ逮捕者を出している。用心に越したことはない。

中島は歩いて来た。倉庫から最寄りの駅まで、二十分位らしい。スーツ姿だが、ネクタイは外している。靴は黒のオックスフォードだった。ブランドは分からない。

川崎は白のセダンで来た。白のセダン？　悪事を働く夜に？　目立ち過ぎはしないか。たとえ大した悪事ではないにせよ、これからやる事は悪事には違いない。しかも助手席に助手を乗せて。ふん、駄洒落を言っている場合じゃない。川崎はまた別のジャケットを着ていた。一体こいつは何着ジャケットを持っているんだ？　七着か、それを曜日ごとに着ていたりして。靴は黒のホーキンスだった。トレンチ・コートは後部座席に折り畳んであり、その上にソフト帽が置かれていた。初めて見る柄である。助手の紀子はベージュのハーフコートに、薄い黄色のシャツ、黒っぽいパンツに黒のバンズのシューズを履いていた。

全員揃ったので、川崎がセダンのトランクを開け、私が装置を取り出した。付属部分を紀子が持っている。川崎がトランクを閉めた。音を立てずにである。私達は、中島の先導で倉庫の裏に回り、警報装置のパネルの前に来た。川崎が七つ道具でパネルを開けた。パネルを開けると警報が鳴るタイプもあるはずなのに、何故か音はしない。これは川崎の技術力の高さを示している。それから慎重に、パネルの中の回路と私の持っている装置を接続した。ここでも音はしない。最後に装置を作動させた。警報が鳴ったら、私の装置は役に立たないことになる。それどころか、ここから大急ぎで逃げ出さねばならない。

緊張の一瞬後、何処からも音は響かなかった。中島の大きく息をする音が聞こえただけである。川崎は私をちらっと見てから、紀子に頷いた。紀子が装置の別のスイッチを動かした。装置の中の小さなランプが緑になった。

私が七つ道具で、倉庫のドア鍵を解錠した。これ位のことは私にも出来る。ドアを開けた私は、懐中電灯で倉庫の中を照らした。倉庫の中には、私達に必要な品物が結構納められていた。私達はチーム・ワーク良く、それらの品物を川崎のセダンのトランクに積み込んだ。載せ切れない物は後部座席の床に置いた。それから私は倉庫のドアを閉め、施錠した。川崎が装置を持ち、紀子がスイッチを切った。緑のランプが消え、川崎が装置の接続を慎重に外した。ここでも音はしない。川崎がパネルをゆっくり閉めて施錠した。

「お見事」私は川崎に言った。

「四十分後に岡田のマンションで」中島が腕時計を見て言った。ローレックスである。そして来た道を引き返して行った。駅に電車は来るのだろうか？ こんな夜更けに。ふん、その心配は中島にさせておけばいい。私は自転車に跨って腕時計を見た。私のはロンジンである。この仕事をしている以上、時計は高級品が必要である。何故かって？ 時刻がずれたら仕事にならないからである。自転車のライトを点けて、川崎に言った。「頼むからスピード違反で捕まらないでくれ」

川崎はにやっと笑った。「そっちこそ、信号無視で捕まるなよ」彼も腕時計を見た。彼のはブライトリングである。

大きなお世話だ。私は紀子にウインクした。彼女の腕時計は分からない。そして川崎に「四十分後に」と言って、自転車をこぎ始めた。後ろで、川崎のセダンのエンジンが始動するのが聞こえた。その頃には私は現場から二十メートルは離れていた。

装置のテストは成功したのである。


五十分後、全員が私のマンションのリビングにいた。先程、全員で川崎のセダンから盗んで来た品物を運び込んだばかりである。ここでも四人はチーム・ワーク良く動いた。品物はリビングの床に置き、装置はテーブルの上に置かれた。

「何か飲み物は?」私が三人に訊いた。

「ビールだ」中島が間髪容れずに応えた。

「俺もだ」川崎が言った。

私は驚いた。「お前は車があるだろ?」飲酒運転で捕まったら、それこそ洒落にならない。

「今日は置いて行く。構わないだろ?」川崎のセダンは私のマンションの駐車場に止めてある。一日位駐車していても、何処からも文句は来ない。その為の駐車場じゃないか。

「あなたは？」私は紀子に訊いた。

「あればアイス・ティーを」彼女が返事した。

「あるよ」私は、今日買ったばかりのパックの紅茶と、常備してある缶ビールを冷蔵庫から出した。それからグラスに紅茶を注ぎ、缶ビール三本とともにお盆でリビングのテーブルまで持って来た。最初に紀子のグラスを置き、次に川崎の前に缶ビールを、そして中島と私の前に同時に置いた。私が何故今日アイス・ティーを買っておいたかは、もうお分かりだろう。これを気配りと世の人は言う。

男性三人が缶ビールのプルタブをブシュッと開け、私が乾杯の仕草をした。紀子も含めて三人も同じ動作をした。

「ああ、旨い」中島が言った。

「ビールは旨いのが当たり前だ」私が指摘した。

「違うよ。間抜けめ」中島がいった。「俺の大切な資金が無駄遣いされなかった為の安堵の感想だ」

ご尤も。私も実は冷や冷やしていた。理論上は成功するはずなのだが、実際に行ってみなければ結果は分からなかったからだ。

「これで特許を取るつもりはないのか？」川崎が訊いて来た。「この装置だけで大儲け出来るはずだ」

「それは俺も考えなくはなかった」私は正直に言った。

「その際の三十パーセントは俺に寄越せよ」中島が言った。「俺の金で作ったんだからな」

「川崎にも遣やらなきゃならないだろ？」私は思い出させた。「こいつがいなければ装置は完成しなかった」私は紀子を見てウインクした。「助手もだが」

「だから三十でいいと言っているんだ」中島が思い出させた。

「だが、特許を申請しないようだな」川崎が察し良く訊いた。

「仮にお前が東京特許許可局の人間だったとしてみろ」私は辛抱強く言った。「そこへこんな装置を持ってきた者を、お前はそのまま帰すか？」

川崎が笑った。「住所を聞いて帰すよ」そして続けた。「帰してから、警察に電話するだろうね」

「だろ？」私は指摘した。「良心ある公務員なら、そうするのが筋というものだ」

「リョウシン？」中島が驚いた振りをして言った。「その言葉には二つの意味があるが、そのどちらもお前には無いはずだぞ」

「俺のことじゃない」私は更に粘り強く説明した。「一般的な公務員の思考回路のことだ」

「その回路だが、この装置で回避遮断出来たのだから優れ物だ」川崎が現実の話題に戻した。その優れ物はテーブルの上に置いてある。

「俺が秘かに、噂を流してやろうか？　裏社会に」中島が提案してきた。「これこれの装置があります。ご入り用の方は設計図のコピーをお売りします、と」

「その遣り方でも、儲かるぞ」川崎が笑いを含んだ声で言った。

「駄目だ」私は断言した。「技術の進歩は目覚ましい」私は事実を言った。「必ずこの装置では回避出来ないシステムが開発される」

「だが、そうなるまでには時間が掛かるはずだ」中島が指摘した。「それまでは稼げるぞ」

「噂が立つ」私が指摘した。「お前の言う裏社会でだ。俺はどんなことでも警察に目を付けられたくは無い」

「では、どうあってもこの装置を世に広めるつもりは無いんだな？」中島が確認した。

「そうだ」私が確認した。「この四人で、この装置が使えるまで使って稼ぐ方が効率的だ」

「勿体ない」中島が感想を述べるように言った。「これ程の物を」

よく言うよ。装置が完成出来なかった時に、あれ程怒っていたくせに。

第三章

二日後、私は川崎のセダンの後部座席に納まっていた。助手席には紀子がいる。

「あれが問題のマンションだ」私は二人に教えた。

「問題無さそうだな」川崎が感想を言った。今日はＪプレスのジャケットにニューヨーカーの短靴を履いている。トレンチは後部座席の私の隣に折り畳んである。その上に初めて見るソフト帽が置いてある。

「いや、古く見えるが、防犯システムは最新だ」私は二人に教えた。

「そこであの装置の出番か？」川崎が訊いた。

「その前に、マンションのエントランスに入らなければならない」私が二人に教えた。

「どうやって」川崎が訊いた。

「中島が、一度管理人室に入るのに成功している」私は二人に教えた。「今度は違う方法になる」

「つまり、今は教えるつもりは無いということか?」川崎は察しが良い。

「知る必要がある時は知らせるよ」私は確約した。「今は、あのマンションの様子を覚えておいて欲しい」これは本当である。

偵察行動は作戦を行う上での第一歩である。これは古今の名将達が揃って述べる戦略上の極意でもある。悪事に置き換えても、その価値は変わらない。

「一つ訊きたいんだが」私は言った。

「何だ?」川崎はセダンを発進させてから言った。

「何故白の車を選んだ?」先日の倉庫の前で感じた疑問である。

「好きな色だからだ」川崎があっさり応えた。

「悪事には目立つと思うが?」私は敢えて追求した。

「黒ならば目立たないというのは、一般的な妄想に過ぎない」川崎は断言した。

「そうとは思えない」私は断言した。

「では訊くが、今度のお前の言うところの悪事に、この車は使用されるのか?」

「いや」別の車が必要なのである。

「なら問題ないだろ」笑いを含んだ声で言った。

「いや、その問題ではない」私が指摘した。

「では何が問題なんだ?」川崎が訊いた。

「この間の倉庫での件だよ」私が思い出させた。「目撃者がいたかも知れない」

「ああ、成る程」川崎は納得したようだった。「だが、目撃者はいなかった」

「それは結果に過ぎない」私は主張した。「現場から走り去る白のセダンは絶対に目立っただろう」

「こいつは、こうやって相手を怒らせるのが、昔からの癖なんだ」これは助手席の紀子に言った言葉である。彼女はグレーのジャケットに白のシャツ、やや薄いグレーのパンツという出で立ちだった。ハーフコートを膝の上に畳んで置いていた。靴は最初に逢った日と同じ黒である。

「でも、岡田さんの言っていることが正しいと思います」紀子が言った。

おっと、思わぬところからの援軍である。

「紀子さんには常識がある」私は感謝を込めて言った。「悪事を働く才能もある」

「じゃあ、このように偵察するのに白ではまずいわけか?」川崎が可笑しそうに言った。

「今日のように、昼間の街中なら目立たない」私は指摘した。

「それは何よりだ」川崎は笑いながら感想を言った。

「紀子さんは紅茶が好きですね？」私は突然話題を変えた。

「はい」紀子が顔を半分こちらに向けた。

「では、ボストン・ティーパーティー事件を知っていますね？」私は訊いた。

「一七七八年」彼女は微笑んだ。

「俺はボストン茶会事件と習ったな」川崎が口を挟んだ。

「俺達の年代はそうだ」私は辛抱強く言った。「だが、翻訳すると陰惨な事件には聞こえないので、その通りの言葉にしたんだろう」

「だが、直訳しても同じだろ？」川崎は尤もなことを言った。

「そうなんだが、そうでもないんだ」私は矛盾したことを言った。

「矛盾しているように聞こえるが」川崎は興味ありげに追求した。

「お前は学校でボストン茶会事件をどう教わった？」私は訊いた。

「ボストンの港の船を焼き打ちした事件だと習った」川崎は記憶力がいいか、歴史好きか、いずれかだ。その両方かも知れない。

「お茶会を襲撃された、と勘違いする教わり方をした者も多かったんだよ」私は事実を言った。「それで、言い方が変わったんだ」

「へえ、大して変わらないと思うが」川崎が納得がいかないと言うように感想を言った。

「世の中、そんなものだよ」私は断言した。

「お前の言う世の中とは何だ?」川崎が質問した。

「答えが広範囲に及ぶが、煎じ詰めれば資本主義社会さ」私は即答した。

紀子がくすっと笑った。

「資本主義社会か」川崎は鸚鵡返しに言った。

「共産主義社会は画餅に帰しただろ?」私は駄目押しした。「ソ連崩壊を見るまでもなく」

「お前は昔からそうだった」川崎は懐かしむように言った。「相手を議論でねじ伏せるのに巧みだったんだ」これは、紀子に向かって言った。

「ボストン・ティーパーティー事件も資本主義の副産物だ」私は話題を元に戻した。「歴史上の評価はどちらに立つかで自ずと決まるが」

「つまり、大英帝国か新大陸植民地か、ということか?」川崎は察しがいい。

「第三者もあるな」私は指摘した。「冷静な第三者こそ、歴史的事実を正しく評価できる」

「歴史的事実を冷静に評価するものがもう一つあるぞ」川崎が指摘した。

「時間の経過による新史料の発見・公開だな」私は応えた。「だが、新史料も歴史的評価を引っ繰り返す程のものは少ない」

「お前と話していると」川崎は紀子に向かって言った。「若かりし頃を想い出すんだ」

「若かりし頃か？」私は鸚鵡返しに言った。

「そうだ」川崎が言った。

「必ずしも純粋ではないが」私は言った。

「必ずしも純粋ではないが」川崎が鸚鵡返しに言った。

「そもそも、純粋だった頃があったのかい？」私は言った。

「こいつは、こう言う奴なんだ」川崎が紀子に言った。

紀子が再びくすっと笑った。

大切な事だ。チームの良好な雰囲気が深まって来ている。

「これを着なきゃいけないのか？」川崎は訊いた。

私のマンションのリビングである。赤坂のマンションを偵察してから二日過ぎていた。

とある会社の制服が四着、テーブルに置いてある。

川崎はまた別のジャケットを着ていた。やはり、曜日ごとに替えているに違いない。今日はフランク・ステラと言って、現在は日本では販売されていないニューヨークのブランドである。バーバリーのトレンチは玄関のフックに掛けてある。ソフトはやや鍔の短い物で、初めて見る生地だ。これも同じくフックに掛けてある。

「これは、戦闘に際して許される偽装に過ぎない」私は応えた。

「戦闘に際して敵軍の制服を着たら、明確なジュネーブ協定違反だ」川崎は応じた。

「協定違反者は、銃殺刑だったな」中島が口を挟んだ。

中島はオーダーメイドのスーツで、ネームが上着の内側に縫い付けられている。外側と同じ生地にである。既製服ではこうはいかない。今日のネクタイはフェラガモで、タイピンはランバンである。

「俺達がやろうとしていることは、戦闘行為ではない」私は粘り強く説明した。「ましてや、これは一企業のユニフォームで、軍服ですらない」

「スパイは平服でもスパイとして銃殺のはずだ」川崎が意外な知識を披露した。「絞首刑かも知れないが」

「俺達はエージェントではないんだ」私は思い出させた。「それからスパイという言葉は遣わない方がいい」

「何故だ?」二人が同時に訊いた。

「何故なら」私はゆっくり言った。「諜報の世界では味方の工作員をエージェントと呼び、敵方の工作員をスパイと言うからだ」

「初耳だな」中島が言った。

「興味深いな」川崎が言った。

「『シャレード』を観ていないのか?」私が訊いた。

「『シャレード』?」川崎が言った。

「オードリー・ヘップバーンか?」中島が言った。

「そうだ」私は応えた。「作品の中で、ヘップバーンにウォルター・マッソーが説明していたぞ」

「今度、DVDで観てみよう」中島が言った。

「ヘップバーンの映画なら、俺は『ローマの休日』が好きだ」川崎が言った。

「その、お前の好きな『ローマの休日』でも、ヘップバーンは王女のドレスから一般の娘の平服に着替えていたじゃないか」私は思い出させた。

「髪もカットしてたな」中島が思い出させた。「理髪店で彼女の地毛をばっさりと」

「俺達は、髪型まで変えるんじゃない」私は紀子に向かってウインクした。「ヘルメットを被るだけでいい」

彼女は今日は黒のパンツ・スーツを着ている。白のシャツ。いつもながら格好いい。

「ヘルメットだって？」川崎は驚いた振りをした。「次はスタンガンでも持つのか？」

「スタンガンは、一般に思われている程購入し易くはないんだ」私は事実を言った。「モデルガンなら買えるけどね」

「俺が警官に化けた時のリボルバーが一挺あるぞ」中島が言った。あれは鮮やかな演技だった。あれで管理人室の電話番号が分かった。その他重要なことも幾つか。

「リボルバーは要らない」私は辛抱強く指摘した。「スタンガンも必要としない。必要なのはクリップ・ボードと工具一式、更に脚立だ」

「そしてヘルメットか？」川崎が言った。

「そうだ」私は駄目を押した。「全て必要な偽装だ。工具と脚立は実際に使うし」

「彼女も着るのか？」川崎は紀子を見て訊いた。

「俺の寝室を使ってくれ」私は紀子に言った。「必要なら、内側から鍵を掛けてもいいよ」

紀子は艶然と微笑んだ。

「お前は、いつもそうなのか?」中島が呆れたように言った。

「何がだ?」私が訊いた。

「他人の彼女に、そういう口の利き方をするのか?」

「カノジョ?」私は質問を質問で返した。「彼女とは三人称単数女性の場合の呼び名だぞ」

再び紀子が微笑した。

「その外にも、ガール・フレンドとかにも遣うだろ?」中島が言った。

「彼女は、お前の言わんとする意味でなく」私は指摘した。「彼女は川崎の助手だ」

「それしか紹介しなかったからな」川崎が口を挟んだ。

「いずれ、色々な事が分かって来る」私が予言した。

「ほう」中島が言った。「お前は予言者か?」

「続けろよ」川崎が言った。

「彼女に関して言わせて貰えれば」私は紀子をちらと見て断言した。「極めて優秀な助手であるばかりでなく」私は続けた。「今度のヤマに不可欠な人材だ」

「何故そう思う？」中島が訊いた。

「お前もこの間、彼女の作業を見ていたろ？」私が思い出させた。「あの手付きは只者ではない」

紀子は無言で自分の手を見ていた。

「不可欠な人材と言ったが？」川崎が訊いた。

「初めは二人で実行する予定だった」私は正直に言った。「だが、あのマンションはここと同程度にセキュリティが万全だ」私が事実を言った。私のマンションもセキュリティが売りの物件だった。その水準を超えている。「それで三人でも難しいと分かった」

「第四の」川崎が面白そうに言った。「人物か？」

私は頷いた。「第三の人物、男は、お前になるが」川崎に言った。

「第三の男は、確か殺されたぞ」中島が不吉なことを言った。

「今日は映画の話ばかりだが」私は言った。「これから俺達がやるヤマは映画の世界じゃないからな」

「それを聞いて安心したよ」川崎が言った。

中島は何か呻いたようだった。

紀子は服を持って、私の寝室に入って行った。内側から錠の掛かる音はしなかった。

「それで、これからどうなるんだ？」川崎が訊いた。

私達は、それぞれサイズにあった制服を着ていた。紀子の服がやや大きく、ズボンの裾を折り返し、シャツの袖も折り返す必要があった。だが、不自然には見えなかった。ここが大事な点だ。不自然でないことが。

「二日後に決行する」私が宣言した。「中島が車両を手配している」

「大分、金が掛かったぞ」中島が報告した。

「経費の一部だ」私は動じなかった。「このユニフォームにしても、警官の制服にしても」

「それを聞いて安心したよ」中島が言った。「優れ物の装置の部品も、失敗した用無しの部品にしても」

おいおい、そこまで言わなくても。

「やっぱり、失敗したのか？」川崎が可笑しそうに言った。

「肝心な点は」私は動じなかった。「装置が完成したことだ」

「失敗は成功の母である」川崎が有名な格言を言った。

「その格言はエジソンにでも取っておけ」私は応じた。「俺達に必要な格言は別にある」

「何だ？」二人が同時に訊いた。

「三銃士とダルタニアンだ」私は言った。

「一人はみんなの為に」川崎が言った。

「みんなは一人の為に」中島が言った。

「だが」川崎が言った。「一説によると、三銃士とダルタニアンの友情は素晴らしいが」

川崎が続けた。「軍事的に見ると、それぞれ気の合わない四人の銃士を雇った方が、ルイ十三世は得だったそうだぞ」

「それは物事の一面に過ぎない」私は応じた。「歴史的評価はその立場によって異なると言ったはずだ」私は続けた。「それに何度も言うようだが、これから俺達がやる事は軍事行動ではない」

「それを聞いて安心したよ」川崎が言った。

紀子が微笑んだ。

中島が何か呟いた。

第四章

二日後、私達は全員、中島が手配したバンに乗車していた。

中島が運転席に座り、助手席に私。後部座席に川崎と紀子。全員、例の制服を着ている。手袋もだ。時刻は午後八時。

中島が赤坂のマンションの前に、バンを駐車した。違反になるが構わず、ドアを開けて路上に出た。ヘルメットを被り、脚立や工具一式その他を持ってマンションのエントランスへ向かう。管理人室へ通じるインターフォンのプッシュボタンを押す。先日、警察官に化けた中島が、巧みに聞き出していたのである。インターフォンから返事があった。

「エレーベーター管理保全会社の者です」私が言った。「今日の午前中にお電話があったと思いますが」

実際に、その日の午前中に私はマンションの管理人室に電話を入れている。他所のマンションのエレベーターで不具合が発生し、都内の全てのエレベーターを一斉点検すると伝えた。その際、大手の外資系エレベーター会社の名を出した。これも中島が警察官に扮装してエントランスに堂々と侵入した際に、エレベーターの会社を確認していたのだ。

偵察の重要性が分かろうというものである。

ガラス・ドアの錠が解除された。私達は保全会社の制服を着てヘルメットを被り、脚立や工具一式その他を持って、エントランスに入った。

やった。第一段階成功。

私が管理人室へ行き、挨拶した。そして、会社の車を路上駐車しているので、適当な駐車スペースはないかと尋ねた。すると管理人は一時間位なら大丈夫だと答えた。私は午前中の電話で、エレベーターを点検し、もし不具合が見つかったら修理に一時間は掛かると言っておいた。つまりこのヤマは、午後九時がタイムリミットである。私は管理人に礼を言って、先にエレベーターに向かって歩いている三人の後を落ち着いた歩調で追った。当然だが、中島は管理人に顔を見られないように配慮していた。

私達はエレベーターの前に立った。エレベーターの扉には、今夜八時から九時まで点検修理のため停止するという文言が印刷された紙が貼ってあった。私の電話を受けた管理人が用意したものである。

川崎がエレベーターの脇に設置されているパネルの前に膝をつき、工具を取り出して作業を始めた。まず二基あるエレベーターを一階に停めた。私と中島が、それぞれ一基ずつエレベーターの中に入り脚立に跨り、エレベータの天井の跳ね上げ戸を開けて、作業を始めた。

川崎と紀子は管理人室に戻り、警報装置に繋がっているパネルを見せて欲しいと頼んだ。

「エレベーターの動きと、警報装置が連動しては困るので」川崎が言った。

「警報装置を解除することは出来ないよ」管理人が応えた。

「勿論です」川崎が請け合った。「エレベーターの部分だけ、作業中カットするだけですから」

川崎と紀子が、問題のパネルの前に立った。

「今は、姉ちゃんみたいな別嬪が機械をいじるのかい?」管理人が紀子を見て言った。

「きちんと訓練を受けています」紀子がにっこり笑って応えた。「お任せ下さい」

川崎が慎重にパネルの扉を開いた。そして工具を取り出し、ついでに装置も取り出した。

紀子が装置を持ち、川崎が工具で警報システムの回路と装置を接続させた。更に紀子がスイッチを押すと緑のランプが点灯した。川崎が息を吐いた。

管理人は暫く二人の作業の様子を見ていたが、やがてポータブル・テレビでそれまで観ていた野球中継の続きを観るために二人から視線を逸らせた。

紀子は管理人室から出て、エレベーターに戻った。私と中島は紀子の姿を見て、中島の作業していたエレベーターで問題の海外旅行で留守の住居のある階に昇った。紀子は管理人室に戻った。管理人室では、川崎が作業を続けていた。

「よし、いいぞ」管理人がテレビに向かって言った。

川崎は作業の手を止めて、テレビと管理人に身体を向けた。野球中継ではジャイアンツがチャンスを作っていた。試合は中盤、タイガースとの対戦カードで、0対0。

「管理人さんはジャイアンツ・ファンですか?」川崎が訊いた。

「あたぼうよ。こちとら江戸っ子だい」管理人が応えた。「あんちゃんは何処ファンだい?」

「勿論、ジャイアンツですよ」川崎が応じた。「江戸っ子じゃないですけどね」

「ほう、何処の生まれだい?」管理人が訊いた。

「埼玉です」川崎が本当のことを言った。本当でないのは、ライオンズ・ファンであることを隠したことである。

「埼玉だって首都圏じゃないか」管理人は上機嫌だった。中継ではジャイアンツが得点した。「よっしゃー」管理人は歓声を上げた。しかし次の打者は打ち取られ、ジャイアンツの攻撃が終わった。中継はコマーシャルに切り替わる。

「こっちの別嬪さんは何処の生まれだい？」管理人は紀子に顔を向けて訊いた。

「神奈川です」紀子は本当のことを言った。「野球は詳しくないんです」

「いいってことよ」管理人は鷹揚に応えた。「今じゃカープ女子なんかが幅を利かせているけどね」

「私はどちらかと言うと、歴女の方です」紀子が本当のことを言った。

「へえ」管理人が感心したように言った。「ＮＨＫの大河ドラマ、観てるかい？」

「『真田丸』、面白いですね」紀子が応じた。


私と中島はエレベーターを降りて、防犯カメラの死角から、脚立に跨りカメラに細工をした。その後、廊下を歩いて留守宅の扉の前まで来た。

私は扉の前に膝をつき、工具を入れたケースの中から七つ道具を取り出した。その道具を使って扉の錠に挑んだ。時間の余裕は余り無い。後の方で時間が掛かるはずだからである。この階の住人が廊下に出て来たり、階段を上って来る危険性もある。

カチリ。錠が言うことを聞いてくれた。

よし。第二段階成功。

管理人室では、紀子がエレベーターを見て来ますと断って、エレベーターに向かった。管理人室では川崎が作業を続けており、管理人は野球中継に見入っている。紀子は残っていた一基に乗って、私達のいる階に昇って来た。そこで私達と合流し、三人で住居に侵入した。

玄関の電灯のスイッチを押し、まっすぐリビングと思しき部屋に行く。明かりを点け、三人で能率良く、箪笥の引き出しなどを開けていく。勿論、引き出しは下からである。幾つかの引き出しに現金と預金通帳、印鑑があった。現金だけを頂戴する。その後、紀子はキッチンに行き冷蔵庫の中を点検した。よく札束を凍らせておく向きもいるからである。冷蔵庫は現金の隠し場所としては、余り適切とは言えない。

私は寝室に行き、明かりを点けた。そこで耐火性金庫を発見した。ダイアルと鍵の両方のタイプである。私はその前に座り込み、七つ道具を再び使い始めた。

その金庫は最新式ではないが（何で最新式に買い換えなきゃならない？　今までは問題なかったはずだ）、かなり手強い相手である。じっくり時間を掛けなければならない。中島と紀子に、他の場所を全て任せなければ、太刀打ち出来ない。

リビングを調べ終えた中島は、もう一つの部屋に入った。一体この住居は何室あるんだ？　いや、実は知っている。予め中島が不動産屋に赴いて、このマンションに空き室があるかを尋ねている。勿論、客を装ってである。その際、巧みにマンションの間取りを聞き出しているのだ。私達はその辺には、抜かりはない。

紀子はキッチンから浴室へ移動している。脱衣室のクローゼットの扉を開いた。中に災害時非常用持ち出し袋があった。袋の中には非常用セット一式と封筒に入った現金があった。災害時の場合、クレジット・カードや預貯金通帳よりも、現金が物を言う。私達はそこも見逃さない。

中島は入った部屋の机、多分社長の物と思われるが、その机の一番上の引き出しから現金を発見した。

私は金庫と格闘すること二十五分、ようやく扉を開けることに成功した。金庫の中には現金の他、債券や証書の類いもあった。文字通り宝庫である。しかし、私は現金だけ頂戴して扉を閉めた。寝室のベッドサイドテーブルや化粧箪笥の引き出しも確認した。ここではネックレスやブレスレット、イヤリングを発見した。これも頂戴する。

リビングに戻った私は、引き出された引き出しを全部閉めた。侵入の痕跡を残さない為だ。中島と紀子が、それぞれの持ち場から戻ってきた。あと探す場所は何処だ？　勿論トイレは紀子が確認している。水槽の中にビニール・パックされた紙幣の束は入っていなかった。残念。

リビングの明かりを消して、最後に玄関の靴箱を確認した。空振り。最後の明かりを消して、ドアを開け廊下に出る。素早く鍵を掛け、エレベーターに向かう。頂戴した現金や、貴金属類は工具のケースの中に隠している。私と中島が脚立に跨って防犯カメラの細工を解除する前に、紀子が先にエレベーターで一階に降りた。作業を終えた私と中島は、脚立と工具のケースを持ってエレベーターで降りた。

第三段階成功。

紀子が管理人室へ戻ったので、川崎はパネルの回路と装置の接続を切った。緑のランプが消え、回路は正常に戻った。川崎はパネルの扉を閉めた。

私と中島が脚立と工具のケースを持って、エントランスに戻った。

「やはり、不具合がありましたので、応急の修理をさせて頂きました」私は管理人室の前で言った。「こちらにサインを頂きたいのですが」クリップボードを渡した。紀子がすかさずボールペンを渡し、署名の箇所を示した。

「あいよ」管理人が、中島の作製した書式に署名した。エレベーター管理保全会社の正式な書式に限りなく近い。私は管理人室のポータブル・テレビに目をやった。野球中継を放映していた。

「ジャイアンツは勝っていますか?」私はクリップ・ボードを受け取りながら訊いた。

「お、あんちゃんもジャイアンツ・ファンかい?」

「勿論です」私は本当のことを言った。

「そうかい」管理人は上機嫌に言った。「一対ゼロで勝ってるよ」

川崎と紀子が会釈して管理人室から退散した。中島は中に入らず待っていた。顔を見られない配慮からである。

「今日は菅野だから大丈夫ですね」私はテレビを見て言った。

「そん通りだ」管理人が応えた。

「失礼しました」私がきちんと挨拶した。

「お疲れ」管理人が応じた。

ほんとにお疲れだよ。私達はマンションから通りへ出た。

最終段階成功。


私のマンションのリビングのテーブルには、本日の戦利品が並べられていた。現金は既に中島が数え終わり、二等分されている。私が自分の取り分を更に二つに割った。その一つが川崎（と紀子）の分になる。

「貴金属類は、明日故買屋と交渉する」中島がみんなに言った。「お前も来い」私に言った。価格の適正さの証人となる為である。中島はここでも配慮を忘れない。

「何を飲む?」私がみんなに訊いた。

「シャンパンはあるか?」中島が訊いた。

「ボトルがあるよ」私が応じた。「みんな、それでいいかい?」

「結構」川崎が言った。紀子も微笑して頷いた。

私が冷蔵庫から、クリュッグと背の高い細身のグラスを四つお盆で運んで来た。テーブルに四つのグラスをまとめて置き、ボトルをグラスの縁に付けないように中身を注いだ。それぞれがグラスを取った。

私が「乾杯」と言ってグラスを掲げた。みんなも同じ仕草をした。グラスを合わせることはしない。

「貴金属類が意外とあったな」中島が言った。「奥方が身に着けて旅行していると思ったが」

「余り高価な物は税関で引っ掛かることを考えたんだろう」私は考えたことを言った。

「金庫の中には、有価証券やその他の財産もあったんだろ?」川崎が訊いた。

「あったよ」私は応えた。

「何故それらも持ち出さなかったんだ?」川崎が当然の疑問を口にした。「上手くやれば金になるはずだ」

「足が付く」私が即答した。「日本の警察は優秀だ。そこから必ず俺達を捜し出す」

「お前は侵入の痕跡を残すことをしなかったようだな?」川崎は管理人室にいたので、紀子から聞いたのである。

「ああ」私は次の質問を予想できた。

「わざわざそうしたのには、訳があるんだろうな？」予想通りの質問だ。

「少しでも警察への通報を遅らせる為だ」私は応えた。

「すぐに分かるものじゃないのか？」川崎が当然の疑問を口にした。「引き出しの中の現金が無い時には」

「そうかも知れない」私は応えた。「だが、そうでないかも知れない」

「ふうん」川崎は必ずしも納得した様子ではなく言った。

私はキッチンに行き、皿にクラッカーとチーズを盛って、リビングに戻った。みんなが手を出した。腹も減ろうというものである。

「他に質問は？」私は紀子にウインクして訊いた。

「これから警察はどう動くんだ？」川崎が訊いた。

「当然、管理人に事情聴取する」私は断言した。「エレベーター管理保全会社にも確認する」結果は明らかである。「俺達四人が偽者だと分かる。管理人の記憶からモンタージュ写真か似顔絵を作成する」私は紀子を見て微笑んだ。「紀子さんは別嬪だからよく覚えているかも知れない」私は管理人室での会話を、車の中で聞いていた。

紀子は艶然と微笑んだ。

「管理人の頭が良けりゃ、警官の地域巡回の件も思い出すだろうな」中島が言った。

「その通り」私が指摘した。「この件で一番危ない橋を渡ったのは中島なんだ」

「但し、思い出せばの話だ」中島が応じた。

「警察は徹底しているよ」私は事実を言った。「事件の日から遡って、妙なことがあったかを質問をするさ」

「警察は何処まで遡るんだ?」川崎が訊いた。

「被害者が海外旅行に行っていて、留守の間に空き巣にあったのは事実だ」私は指摘した。

「海外旅行に行っていることがどうして空き巣に分かったのかを、考えるだろう」

暫く、誰も口を利かなかった。

「もし、俺が警察の立場だったら」私が言った。「被害者の周辺を洗うね」

「銀座のクラブまでは行き着かないか?」中島が笑いを含んだ声で言った。

「そもそもの事の始まりは、そこなんだけれどね」私はグラスの酒を空けた。

紀子がくすっと微笑んだ。

敬意を込めて

國學院大學の皆様　國學院無くして現在の筆者はおりません。

旧カフェLANDEYEの皆様　とりわけ当時のマネージャー様

新宿伊勢丹百貨店の皆様

以上の方々の存在は、筆者の大いなる手本となりました。

敬白

部屋にあった死体

1

その夜、岡田は闇に紛れて、そのマンションに侵入した。勿論、防犯システムの回避装置を使ってである。深夜のこともあり、エントランスには誰もおらず、目的の部屋のある階へはエレベーターを使った。エレベーターを出て、目的の部屋まで行くのに何のトラブルもなかった。

岡田は扉の前に膝をつき、七つ道具を取り出した。時間の余裕は余りない。巧みに道具を操り、扉の錠を解除させた。ふう。

岡田は玄関の明かりを点け、真っ直ぐリビングに向かった。リビングの明かりを点けた。

そして、死体を発見した。

死体！　何故？　どういうことだ。混乱した岡田は、一瞬後に決断した。

まず、本当に死んでいるかを確認しなければならない。身体に触るべきではないと判断して、顔に自分の耳を近付けた。息はしていない。頭から血が流れている。胸に血の染みがある。殺されていることは明らかで、殺人者がこの部屋にいるかも知れないと、岡田はその時思った。しかも、玄関の扉は施錠されていた。岡田は、全ての部屋、キッチン、バス・ルーム、トイレを見て廻り、殺人者がこの部屋にいないことを確認した。ということは殺人者が玄関の扉を施錠して逃亡したのだろう。

岡田はリビングのカーテンを閉め、玄関の扉の錠を内側から掛けた。そして、耐火金庫のある部屋に赴いた。そこで、再び七つ道具を取り出した。時間はどれだけあるのだろう。隣のリビングに死体が転がっているのに、冷静に金庫に立ち向かえることが出来るのか。その耐火金庫は最新式ではないが、鍵とダイアルの両方を使うタイプの物だった。

勿論、出来た。金庫と格闘すること三十分。見事に金庫を解錠し、中から現金、有価証券、債券、その他をショルダーバッグに詰め込んだ。

岡田は、全ての部屋の箪笥の引き出しを開け（引き出しは下から順に）、冷蔵庫の中から現金を見つけ、脱衣所のクローゼットから災害時緊急持ち出し袋を見つけ、中から現金を取り出した。トイレのタンクを確認し、全ての引き出しを元に戻した。金庫の扉も閉めて、施錠した。

殺人犯は、物取りに見せかけようとしたらしい。幾つかの引き出しが、既に開けてあったからだ。明らかに現金と預貯金通帳が持ち出されていると思われた。だが、泥棒に見せかけたのなら、まず間違いなく素人である。

岡田は、リビングのカーテンを開け、電灯を消して玄関に向かった。下駄箱の中を確認して、扉を開けた。廊下に出て玄関の明かりを消して、扉を施錠した。ふう。

岡田はエレベーターを使ってエントランスに降り、ガラス・ドアを開けて表に出た。マンションの前の道路の斜め前に、白のセダンが駐車していた。岡田はゆっくり歩き、後部座席のドアを開けた。シートに凭れてドアを閉め、言った。

「ゆっくり出してくれ」

「どうした？」運転手は訊いた。「何かあったのか？」

「ああ」岡田が言った。「だが、まずここを離れたい」

「分かった」運転手はセダンを発進させた。

2

隣町に入ったところで、岡田が言った。

「部屋に死体があったんだ」

運転手はバックミラーを見て、岡田の顔を確認した。嘘や冗談ではないと。

「誰だったんだ？」

「部屋の住人だった」岡田が応えた。

「しかし、出張中じゃなかったのか？」

「そのはずだが、実際は違ったわけだ」

運転手はその事実を理解しようとしているようだった。そして質問した。

「殺したのは誰だろう？」

「その質問への答えは、広範囲に亘りすぎている」

「警察に通報するのか?」

「難しいところだ」岡田が続けた。「善良な市民なら当然通報するよ。四十分前に」

「そうだな」運転手は深夜の街を、法定速度を守って走行させていた。

「俺達は善良な市民ではない」岡田は言った。

「だが、人殺しはやらない」運転手が言った。

「こういう経験は」岡田が言った。「そうある事じゃない」

「そうだな」運転手が応えた。「死体を見て動転しなかったか?」

「したよ」岡田が言った。「そして全速力で頭を働かせたよ」

「つまり、計画通りに動いたというわけか?」

「それが、最善の途と判断したんだ」

セダンが、岡田のマンションの駐車場に滑り込んだ。

二人で道具類を抱えて、岡田の住居にエレベーターで昇った。岡田の部屋のドアを解錠すると、リビングから明かりが漏れていた。すぐに女性が顔を見せた。

「お帰りなさい」そのあと、二人の表情に気が付いた。「何があったんですか?」

「岡田が、部屋で死体を発見したんだ」運転手が応えた。

「死体？」彼女は息を呑んだ。
「そう、出張中のはずの住人だった」運転手が言った。
二人が道具類を床に置いて、ショルダーバッグの中身をテーブルに並べた。
「何か飲み物は？」彼女が訊いた。
「ビール」二人が同時に応えた。
彼女はキッチンに行き、冷蔵庫から缶ビールを三つ取り出して、リビングに戻った。
「乾杯とは言わないでおく」岡田が言った。
三人で黙って飲んだ。呑まずにはいられないとは、この事である。

3

「これからどうなる？」川崎が訊いた。
「どの途、警察の知るところになる」岡田が応えた。

「岡田さんは、現場をそのままにして来たんですか？」紀子が訊いた。

「いや、死体以外は全て異常の無い状態にして来た」岡田が応えた。

「殺した奴は、物取りの犯行に見せかけたらしい」川崎が口を挟んだ。

「箪笥の引き出しが開けられていたし、有るべき所に有るべき物が無かった」岡田が訊かれる前に言った。

「では、岡田さんは殺人犯の残した証拠を消して来たわけですね？」紀子が言った。

「そうするのが一番だと思ったからね」岡田が応えた。

「でも、そうすると警察の捜査の妨害になりませんか？」紀子が訊いた。

「敢えて、危険を冒したんだ」岡田が応えた。「殺人者の思い通りにならないように」

「難しいところだな」川崎が言った。「警察はどう見るだろうか？」

「勿論、殺害目的の殺人だよ」岡田が応じた。「物取り目的ではなく」

「どうしてそう言い切れますか？」紀子が訊いた。

「貴女は現場を見ていないから」岡田が応えた。「玄人なら見逃すはずもない所を幾つも見逃していたからね」

「例えば？」川崎が訊いた。

「例えば、冷蔵庫。冷凍室に現金がビニール袋に入れて、冷やしてあった」岡田が応えた。

「例えば、脱衣所のクローゼットの中。災害時緊急持ち出し袋の中の現金」岡田が続けた。

「耐火性金庫は言うまでも無く」

「その金庫の中身だが」川崎が訊いた。「何故、現金だけ持ち出さずに、有価証券や債券まで持ち出したんだ？」

「警察は、これらの有価証券がいずれ闇に出回ると考えるだろ？」岡田が言った。「だが、幾ら待っても出て来ないとなると、手掛かりが一つ消えたと考えるはずだ」

「では、これらの有価証券はそのままにしておくのか？」

「そうだ」岡田は応えた。「有価証券を金に換えて、そこから俺達の所まで警察に辿られたくはない」

「それなら、この間のように現金だけ持ち出せばいい訳だろ？」

以前のヤマでは、岡田は有価証券や債券に手を付けなかった。

「警察をミスリードする為だ」岡田が言った。「有価証券という手掛かりを使ってね」

「危険ではないのか？」川崎が訊いた。「何しろ事は殺人事件なんだぞ」

「問題は、警察が殺人と物取りとが別々の人物によって行われたという結論に達するかどうかだよ」岡田が応えた。

「お前は物取りの犯行である証拠を消して来た」川崎が指摘した。

「表面上は」岡田が指摘した。「だが、有るべき所に有るべき物が無く、金庫を開けたら何も無いと判明したら、警察はどう考えるかだ」

「誰が犯人なんでしょう?」紀子が訊いた。

「その質問の答えは、広範囲に亘りすぎているとのことだ」川崎が応えた。

「だが、推測は出来る」岡田が言った。

「誰?」川崎と紀子が同時に訊いた。

「まず、死んだ相手に殺したい程の恨みを持つ者」岡田が言った。「次に相手の死によって利益を得る者」岡田が続けた。「この場合、どのような利益かは、範囲が広すぎる」更に続けた。「例えば生命保険金の受取人もその数に含まれる」岡田は言った。「そして、ちょっと考えにくいことではあるが、物取り目的で侵入した者が住人と鉢合わせして、殺したということ」

「それは無いだろ、その最後のケースは」川崎が言った。「お前の話だと、物取り目的に見せかけていたというのだから。しかも余り上手くは見せかけていなかったのだろ?」

「まあ、そうだ」岡田が同意した。

「殺したくなる程恨みを持つなんて、現実にあるのでしょうか?」紀子が訊いた。

「俺達が思っている程、少なくはないかも知れない」岡田が応えた。

「そいつの死によって利益を得る者の犯行の方が、現実味があるな」川崎が言った。

「確かにそうだ」岡田が同意した。「だが、俺達は探偵じゃない。殺人事件に自分から首を突っ込む必要は無い」

「それはそうだが」川崎が同意した。「誰が殺したかは、興味があるな」

「それに」紀子が言った。「岡田さんは、既に殺人事件に巻き込まれているんですよ」

「お前の場合」川崎が言った。「住居不法侵入、器物損壊、窃盗に加えて」川崎が続けた。

「公務執行妨害が罪として挙げられるよ」

「うっかりすれば」岡田が言った。「殺人の事後従犯にさせられてしまうかもね」

「では、これからどうするんだ?」川崎が訊いた。

「何もしない」岡田が即答した。「動かないで、じっとしているんだ」

「嵐が過ぎ去るまでか?」川崎が訊いた。

「警察がどう動くかをニュースで知る以外、何もしない」岡田が言った。

「中島が知ったら面白がるだろうな」川崎が言った。

「奴がこの場にいたら」岡田は溜め息をついた。「張り切って、探偵役を買って出てたよ」

紀子がこの日初めて微笑んだ。

「中島さんは」彼女が言った。「詐欺師の方がお似合いです」

その通り。人には分相応というものがある。

4

「昨日は上手くいったのか？」中島が訊いた。相変わらず、スーツ姿でフェラガモのネクタイをダンヒルのタイピンで止めている。スーツはオーダーメイドである。

「岡田は、有価証券や債券まで持って来たよ」川崎が言った。今日はＪプレスのジャケットを着ていた。ボルサリーノは玄関のフックに掛かっている。

「有価証券に債券だって？」中島が不思議そうに訊いた。「現金には換えられないぞ」

「警察をミスリードする為だそうだ」川崎が応えた。

「何があった？」中島は流石に鋭い。

「部屋に死体が一つ」岡田が応えた。彼はヴァレンティノのシャツを着ている。

「本当か？」中島が驚きの表情を隠そうともせず訊いた。

「出張中のはずの住人だった」岡田が教えた。

「新聞には出ていなかったぞ」中島が指摘した。

「まだ死体が発見されていないのかも知れない」岡田が指摘した。「何れにせよ、朝刊には間に合わないよ」

「じゃあ、テレビで速報が出るかも知れないな」中島が言った。

「それを言ったのは、お前が初めてだよ」岡田が言った。「テレビの速報と言うのは」

「誰が殺したのか、興味はないのか？」川崎が訊いた。

「あるよ。大ありだ」中島が応えた。

「岡田は、殺したいほど憎んでいた者、その人物が死んで利益を受ける者、を挙げているよ」川崎が教えた。

「それに、物取りに侵入して住人と鉢合わせして殺したとも考えられる」中島が鋭い指摘をした。

「岡田もそれを言ったが、金庫も開けず、現金の探し方も素人のようだということだ」川崎が教えた。

「殺して動転したのかも知れない」中島が言った。「そもそも、住人と鉢合わせするなんて考えもしなかっただろうし」流石である。既に探偵役になっている。

「岡田の見立てだと、物取りに見せかけた殺し目的の殺人だそうだ」川崎が教えた。

「室内に物色した形跡があったんだな?」中島が鋭く指摘した。

「だが、いかにも素人っぽかったそうだ」川崎が教えた。

「お前は、現場をそのままにして来たのか?」中島が鋭いところを突いた。

「いや。いつものように元通りにして来たよ」岡田が応えた。

「するとお前は、住居不法侵入、器物損壊、窃盗に加え」中島が言った。「公務執行妨害と殺人の事後従犯の罪に問われるぞ」

「分かっているよ」岡田が言った。「川崎が昨日、教えてくれたよ」

「自分の置かれた立場が分かっているならいいんだ」中島が言った。

「岡田は、何もしないで嵐が過ぎるのを待つそうだ」川崎が教えた。

「よし、俺が一つ調べてみよう」中島が言った。「こういう機会は滅多に無いからな」

「探偵役を演じるのかい？」川崎は、岡田の顔を見ながら訊いた。

「演じるのではなく、今回は文字通りなり切るよ」中島が応えた。

「どうやって？」川崎が訊いた。

「新聞社に伝手がある」中島が応えた。「まずはそこからだ」

「紀子が言っていたぞ」川崎が笑いを含んでいった。「中島さんは、探偵より詐欺師がお似合いだと」

「俺は元来が詐欺師なんだ」中島は応じた。「そう言えば、彼女はどうした？」

「自宅に帰した」岡田が応えた。「ここは危険だから」

「まさか」中島が驚いて言った。

「人生、三つの坂がある」岡田が言った。「上り坂、下り坂」

「そして、まさか、か？」川崎が後を続けた。

その通り。己の力を過信してはならない。

5

その日の夜、中島は日比谷の喫茶店にいた。この店は老舗で、値段は高いが旨いコーヒーが飲める。十五分後に、中島が待つ相手が来店した。大学時代の同窓生で、大手新聞社に勤めている。

「暫くだな」相手は中島の反対側の椅子に座った。

「新聞社勤めはどうだ?」中島が相手の皺になったスーツを見て言った。

「経営コンサルタント程には儲からないよ」相手は中島のスーツを見て言った。皺一つ無い。「しかも忙しい」相手はウエートレスにブレンドを頼んで、煙草の箱を取り出した。

「その忙しさの中で、これはと言う事件はあるかい?」中島が訊いた。

「これはと言うのがどの程度のものかにもよるが」相手は煙草にライターで火を点けてから応えた。

「俺はよく分からないんだが」中島が訊いた。「捜査本部って奴は幾つ位あるんだ?」

「警視庁管内で三十程だ」即答した。相手は警視庁記者クラブのベテランである。

「そんなにあるのか」驚いた中島が声を高めた。「もっと少ないのかと思っていたよ」

「人が思うほど東京は事件が少なくはないよ」記者は溜め息を煙草の煙と共に吐いた。

「その三十程の捜査本部は、全部殺人事件なのか?」中島が訊いた。

「いや。そうでもない。殺人でなくても重大な犯罪の場合もある」記者は運ばれてきたコーヒーを一口飲んでほっとしたように言った。

「色々訊いて悪いが」中島が断ってから言った。「最近の事件で話題性のあるものはどれかい?」

「話題性はそれぞれにあるよ」記者はにやりとして言った。「ただ、お前の関心事からすると二週間前の殺しだ」一軒家に住む資産家が屋内で殺された事件である。中島はそれを相手の勤める新聞社の記事で知っていた。

「殺しはその後無いのか?」中島が最も知りたい事を訊いた。

「無い」記者ははっきり言った。「少なくとも発表は無い」

「そうか」中島は言った。「有り難う」

「よし」記者が言った。「今度は俺が訊く番だ」コーヒーをまた一口飲んで言った。「何に首を突っ込んでいる?」二本目の煙草に火を点けてから訊いた。

「殺しによって利益を受ける者の実際の場合」中島が平然として言った。「刑事罰が適応されたら、その利益は何処へ行くのか、或いは誰に行くのか」当然訊かれる質問への答えは用意してあった。「その手の相談があったんだ」

「お前の依頼人は殺しをしたのか?」記者はずばりと訊いた。

「いや」これも予想された質問である。「仮定の話だ」

「依頼人がこれから事を起こすとなると」記者が鋭く言った。「殺人の事前従犯になるぞ」

「そうならないように努力するよ」中島が応えた。

「そうすると、発表されない殺人事件があるというわけだな?」相手が確認した。

「そうは言っていない」中島が慎重を期するように言った。「あくまで仮定の話だ」

「その仮定の話は」相手はコーヒーを飲んでから言った。「いつ頃本当の話となるんだ?」

「分からん」中島は本当のことを言った。「一週間後か、或いは二週間後か」中島は続けた。「何れにせよ、お前のところが遅れを取らないようにするよ」

「そうか」相手はコーヒーを飲み切って言った。「恩に着るよ」煙草の箱を仕舞った。

「世の中、持ちつ持たれつだ」中島が会話を締めくくった。

6

翌日の午前中に、中島は岡田のマンションを訪れた。今日もオーダーメイドのスーツに、ヴィトンのネクタイをダンヒルのタイピンで止めている。

「警察はまだ事件を知らないぞ」中島はいきなり言った。「知り合いの事件記者の情報だから間違いない」

岡田はキッチンからアイス・コーヒーを二つのグラスに注いで、リビングに持って来た。今日の服はアルマーニのシャツにチノパンである。

「発見が遅れると、捜査が遅れる」中島が言った。「捜査が遅れれば、殺人犯が野放しになる」

「分かっているよ」岡田はアイス・コーヒーを一口飲んで言った。

「分かっているなら」中島が言った。「警察へ通報すべきだぞ」

「そうだな」岡田は相手の言い分を認めた。「何処かの公衆電話から掛けるか」

「一一〇番か？」中島が訊いた。

「いや。一一〇番は逆探知される。切っても発信地が分かってしまう」岡田が言った。「所轄の代表番号に掛けるよ」代表番号は、タウンページに掲載されている。

一時間後、岡田と中島はとある公衆電話の前にいた。岡田はテレフォン・カードを差し入れ、事件のあった所轄署の代表番号に掛けた。

「世田谷警察署です」相手が応答した。

「十一番地のレジデント・マンションの五階で異臭がします」岡田がゆっくり言った。

「調べてみた方がいいと思って電話しました」

「もしもし」相手が言った。「そちらはどなたでしょうか？」

「十一番地のレジデント・マンションの五階で変な臭いがします。調べた方がいいですよ」岡田はゆっくり繰り返して電話を切った。

「よし」岡田は中島に言った。「ここから離れよう」

二十分後、岡田と中島が座っていたコーヒー・ショップの席から、一台の警察車両が近着いて来るのが見えた。警察車両は赤いライトを点灯させていたが、サイレンは鳴らしていなかった。一人が運転席に残り、三人が公衆電話に近着いて行った。

その三十分前、十一番地のレジデント・マンションの見える道路の路肩に駐車した白のセダンに、川崎と紀子がいた。

岡田が警察に電話をした五分後に、自転車で派出所の警察官が一人到着した。その五分後にはパトカーとワゴン車がサイレンを鳴らして到着した。さらにパトカーが二台、バンが一台到着し、封鎖線を張り始めるのが見えた。

「よし」川崎が言った。「ここを離れよう」

白のセダンが現場からゆっくり離れて行った。

その五分後、コーヒー・ショップの岡田と中島は、警察官達の活動を見物していた。公衆電話の指紋を採取しているようだが、岡田は手袋とマスクをしていた。有力な証拠は得られないだろう。

7

三十分後、岡田のマンションに全員が集合していた。四人が集まるのは、前のヤマ以来ということになる。岡田の開発した回避装置を初めて使った一件である。今回は、岡田と川崎だけで現場に赴き、岡田だけが侵入した。中島は詐欺の下準備をしていて参加しなかった。紀子は岡田のマンションで留守番をしていた。

川崎はニューヨーカーのジャケットを着ており、被っていたボルサリーノを玄関のフックに掛けていた。紀子は薄いグリーンのブラウスに青のジャケット、黒のパンツ姿だった。

「何を飲む?」岡田が訊いた。

「お手伝いします」紀子が言った。

「コーヒー以外の物なら何でもいい」中島が言った。「ここんところ、コーヒーばかり飲んでる感じだ」

「俺はアイスのカフェオレ」川崎が言った。

紀子がてきぱきと全員の飲み物を作り、岡田は冷蔵庫の扉を閉めた。因みに冷蔵庫（冷凍室も）には現金は隠してはいない。災害時緊急持ち出し袋の中にも、トイレのタンクにも靴箱にもである。玄人は玄人が考えるような所には現金を隠さない。岡田の現金は寝室の隠し扉の中の耐火性金庫に半分は入っている。後の半分は、まだ秘密である。

紀子が、中島の前にアイス・ティーを置き、川崎の前にアイス・カフェオレを置き、岡田の前にアイス・コーヒーを置き、自分にはアイス・ティーを置いた。その一連の動作は流れるようで、この手の仕事をしていたか、きちんとした躾をされて来たか、或いはその両方である。

全員がそれぞれの飲み物を一口飲んでから、報告をし合った。

「マンションの方は、大変だったぞ」川崎が言った。「初めに派出所の警官が来たが、五分と経たないうちに警察車両でその辺が一杯になった」

「マスコミはどうだった?」中島が訊いた。

「それまで居られなかった」川崎が応えた。「すぐにでも検問をしそうな感じだったからね」

紀子も頷いた。「怖かったです」

「そっちの方が面白そうだったな」中島が感慨深げに言った。

「電話の方はどうだった？」川崎が訊いた。

「こいつは」中島は岡田の方に顎をしゃくって言った。「必要最低限のことを二度繰り返して電話を切ったよ」

「警察は来たか？」川崎が訊いた。

「二十分後に四人」中島が言った。「その十分後に鑑識車両一台」

「素早いな」川崎が感想を言った。

「素早いし、徹底している」中島が応えた。

「でも、岡田さんはマスクと手袋をしていたのでしょ？」紀子が訊いた。

「そう、だから俺の声が録音されただけだ」岡田は応じた。「警視庁の科捜研に廻され、何時の日か俺の逮捕のきっかけになるかも知れない」

「まさか」紀子は息を呑んだ。

「こいつが警察への通報を渋っていたのは、そこにあるんだ」川崎が解説した。

「それなのに中島さんは、岡田さんに通報することを勧めたんですか？」紀子が分からないと言う顔つきで訊いた。

「そうだ」中島は即答した。「これは殺人事件で、発見が遅れるとそれだけ犯人逮捕が遅れるんだ」

「善良な市民なら、通報は当然の事か？」川崎が言った。

「私達は」紀子ははっきり言った。「善良な市民ではありません」

「そうだ。俺達は悪党だ」岡田が言った。「だが、人殺しはしない」

「悪党にも仁義あり、か？」川崎が言った。

「警察は今回の通報者を、どう考えるかだよ」中島が言った。

「マンションの住人ではないと判断するだろうね」岡田が応じた。

「住人なら、最初から名乗っているはずだからか？」川崎が訊いた。

「そう」岡田が応えた。「だから、事件に巻き込まれたくない事情の持ち主」

「名乗りたくない者とは？」中島が言った。

「部屋に侵入したら死体を発見した者」川崎が応じた。

「それって、岡田さんの事になりますよ」紀子が指摘した。

「最初の日に言ったように」岡田が思い出させるように言った。「問題は、警察が殺人と物取りとが別々の人物によって行われたという結論に達するかどうかだよ」

「今日の通報で」川崎が言った。「その線が濃厚になるだろうね」

「お前の知り合いの記者に」岡田が中島に言った。「その辺のところを探って貰えればいい」「成る程」川崎は感心したように言った。「手は打ってあるんだな」

「今回の件で」中島が応じた。「俺はそいつに大きな貸しを作ったからね」

「どんな?」紀子が訊いた。

「岡田の通報の直後に、警視庁の記者クラブに電話を入れた」中島が応えた。「世田谷署で妙な動きがあるとね」

「そこの新聞社だけが、事件の詳しい記事が書けることだろう」岡田が言った。

持つべき者は友、とは良く言ったものである。

8

「このヤマでは借りが出来たな」記者が言った。

「世の中、持ちつ持たれつだ」中島が応えた。

二人は先日の喫茶店にいた。二人共ブレンド・コーヒーを注文した。

「お前の依頼人は、人を殺めたのか？」記者は煙草に火を点けてから訊いた。

「いや」中島は即答した。頭の中でアヤメル、と言ってみた。古風な言い回しだが、意味は重い。

「すると」記者は言った。「発見者の方か？　いや通報者と言うべきか？」煙草の煙を吐いた。

「俺の依頼人ではない」中島は真実を言った。

「前にも言ったが」記者は続けた。「殺人の事前従犯及び事後従犯の容疑を掛けられるぞ」

「そこだ」中島が応えた。「警察はどう見ているんだ?」

「当然の質問だな」記者は応じた。「泥棒が入ったら部屋に住人がいて、殺したと見ているようだ」

「何故?」中島が訊いた。

「何故なら」記者が応じた。「死体の他は物取りの形跡が一切無く、なのに金庫の中身は空っぽだったようだ」

「金庫の中身が無い?」中島が確認した。

「にも拘らず、金庫の鍵は掛かっていた」記者は盛んに首を振っていた。「何故そこまでやるか、だよ」また煙草の煙を吐いた。

「空き巣は、出来るだけその痕跡を残さない、と聞いたことがあるな」中島が事実を言った。

「そうだ」記者がコーヒーを一口飲んで言った。「だから、そもそも殺しをすること自体不自然だとも言える」一本目の煙草を灰皿で揉み消した。

「それは捜査本部という奴の見立てか?」中島が確認した。

「そうだ」記者が確認した。「お前の依頼人に取材したいんだが」二本目の煙草を口に咥えた。

「依頼人ではない」中島が再度、真実を言った。彼もコーヒーを一口飲んでから「通報者は事件解決を望んで電話したんだろ?」

「その事だが、捜査本部は何故通報者の事をはっきり言わなかったのか、だ」記者は煙草の煙を吐いた。

「近所の住人じゃないのか?」中島がしらばっくれて訊いた。

「それなら、そうと言うはずだ」記者はじっと中島の顔を見詰めた。「どうも謎の通報者という感じだな」

流石にベテラン記者である。中島は内心、舌を巻いた。

「通報者は、きっと異変に気付いたんだろうね」中島が言ってみた。

「殺人事件の気配をかね?」記者は鋭く言った。「やはり、お前の依頼人に取材したいよ」

「今のところ、取材は無くても」中島が続けた。「充分他社をリードしているんだろ?」

「ああ、大きな借りだよ」記者が認めた。「それともう一つ。このような事件の場合、捜査本部は捜査状況の全てを公表はしない」煙草の煙を吐いた。

「何故だ?」中島が思わず訊いた。

「捜査本部は、犯人しか知り得ない事実を握っている可能性がある」記者が説明した。

「容疑者に尋問する際の切り札にするんだ」

「そうか」中島は納得した。「教えてくれて有り難う」

「あのスクープに比べたら、大したことじゃない」記者は応じた。「これはまだ記事に出来ない点だが」記者は中島を鋭く見た。

「傾聴しているよ」中島が透かさず応じた。

「さっき、空き巣ならそもそも殺しをすること自体不自然だ、と言っただろ」三本目の煙草に火を点けた。

「ああ」

「そこで、別の可能性を指摘することが出来る」記者がコーヒーを一口飲んで言った。

「空き巣が目的か、殺しが目的か、だ」煙草の煙を吐いた。

「殺しが目的だと、金庫が空になっていることはどう説明するんだ？」中島が正に誘導尋問した。

「そこだよ」記者は言った。「まだ記事に出来ないのは。状況がはっきりしないんだ」

「なら、状況を伝えてくれ」中島が会話を締めくくった。「大きな動きがあったら、でいいから」

9

「捜査本部は、物取り目的で侵入した賊が住人を殺したと見ているらしい」中島がいきなり報告した。

岡田のマンションに、四人全員集合していた。

中島は相変わらずオーダーメイドのスーツに、アルマーニのネクタイをダンヒルのタイピンで止めている。川崎は今日はフランク・ステラのジャケットを着て、ボルサリーノは玄関のフックに掛けてある。紀子は薄い青のシャツに紺のパンツ・スーツという出で立ちだった。岡田はポール・スミスのシャツにチノパン姿である。

「岡田が言っていた最も可能性の低い説を採ったのか?」川崎が訊いた。

「岡田さんが、現場をそのままにしなかったからではないんですか?」紀子が訊いた。

「そうかも知れない」岡田は認めた。

「俺の知り合いも、全てを元通りにしていたことを、随分気にしていたよ」中島が言った。

「ということは、警察も気にしているのかな?」川崎が訊いた。

「捜査本部は、その点の見解は公表していない」中島が報告した。「だが、敢えて公表しない点もあるそうだ」

「犯人しか知り得ない情報だな」岡田が応えた。

「どうして知っているんだ?」中島が、がっかりして訊いた。

「どういうことだ」川崎が興味を持って訊いた。

「きっと、容疑者の尋問に役立てる為ですね?」紀子が自分で考えて、言った。

「推理小説を読んでみろ」岡田が中島に言った。「当たり前のことなんだよ」川崎に言った。「流石、紀子さん」紀子に向かって言った。「探偵になれますよ」

「じゃあ、俺は御役御免か?」中島がむくれて訊いた。

「そうじゃない」岡田が応じた。「お前の知り合いから、出来るだけ情報を引き出してくれ」

「そいつは、お前に取材したがっていたぞ」中島が言った。

「絶対に駄目だ」岡田がきっぱり断った。「俺はいかなる形でも表には出るつもりは無い」

「マスクをしてもか？」中島が粘った。「ミル・マスカラスのような」

「マスカラスでもデストロイヤーでも」岡田は続けた。「ビック・バン・ベイダーでも駄目だ」

「タイガー・マスクもあったな」川崎が懐かしむように言った。

「世の中ギヴ・アンド・テイクだろ？」中島が更に粘った。「情報を引き出すには、こっちも何かを遣らないとさ」

「最初の情報で相当テイクはしているはずだ」岡田が指摘した。「お前の知り合いも、その点は認めているはずだ」

痛いところを突かれた。岡田の言う通り。

中島は諦めた。一旦は。あくまでである。そのことは内緒にしておいて欲しい。

10

中島は三度目になる日比谷の喫茶店に赴いた。そして結局、ブレンドを頼んだ。老舗だけあってやはり旨い。そう思っていると、記者が来た。彼もブレンドを頼んだ。

「捜査本部は通報のあった公衆電話付近を、かなり調べたが何も出なかった、と発表した」

「どういうことだ？」中島が興味を持って訊いた。「何も出ないはずはあるまい」

「実際に調べたのは、西新宿署だったんだが」記者は鋭い目を中島に向けた。「何しろ公衆電話は都庁の地下一階にある奴だったんだ」

「ほう」中島は初めて聞いたような顔をして言った。「都庁の地下から電話を掛けるとは、大胆な奴だな」

「大胆且つ繊細だよ」記者は鋭く言った。

「何故、繊細なんだ？」中島が訊いた。

「あそこは結構、人通りが多い」記者が指摘した。「その辺を計算している」記者は続けた。「更に、防犯カメラが設置されている区域だが、公衆電話は映っていないんだ」

「ほう」中島は、岡田の選択と行動に内心感心した。

「どうだ」記者が期待を込めて訊いた。「取材の件は？」

「絶対に駄目だそうだ」中島がはっきり言った。「だが、通報者は殺しには関わってはいないと断言するそうだ」

「そうか」記者は煙草に火を点けた。「その通報者は、余程慎重な人物らしいな」

「何故だ？」中島が訊いた。

「普通、警察への通報は一一〇番だ」記者が応じた。「なのに、今回は所轄の警察署に通報しているからだ」

「その二つに違いがあるのか？」中島がしらばっくれて訊いた。

「一一〇番通報は、電話を切っても逆探知出来るんだよ」記者が応えた。「所轄に掛けるという考えは、普通の人なら考えもつかないことだと言える」記者は続けた。「考えついたということは普通の人じゃないということだ」中島をじっと見詰めて言った。

「普通じゃない、そして慎重で繊細且つ大胆な人物か？」

「会いたいものだよ」記者は言った。

「今は、さっきの言葉で満足してくれ」中島が断った。

「残念だな」記者が応じた。

全くその通り。中島は何とかして、取材を敢行させるべく悪知恵を働かせ始めた。

11

中島は、意気揚々と岡田のマンションを訪れた。

既に、川崎と紀子がいた。川崎は、ハンティング・ワールドのジャケットを着ていた。勿論、ボルサリーノは玄関のフックに掛けてある。紀子は薄いブルーのブラウスに濃紺のパンツ姿。岡田がキッチンから現れた。今日は、マッキントッシュのシャツにチノパンである。中島は、こいつは自宅に居る時はいつもチノパンだな、と思った。

「何を飲む？」岡田が訊いた。

「アイス・ティー」中島が注文した。

「私がします」紀子がソファーから立ち上がって、キッチンに入った。

リビングのテーブルには、三人の飲み物が置いてあった。

「マッキントッシュのシャツとは豪勢だな」中島がお愛想を言った。

「何が望みだ？」岡田が訊いた。

駄目だ。見透かされている。中島は諦めた。斯くなる上は、正攻法で攻めるしかない。

紀子が中島のアイス・ティーをお盆で運んで来た。

中島はまず飲み物を一口飲んだ。

「俺の知り合いの記者が、お前との単独取材を希望している」実は、中島自身も希望している。

「この前も断ったはずなのに、それを蒸し返すのにはきっとわけがあるに違いない」岡田が応じた。

川崎と紀子は、二人の遣り取りを興味深げに見ていた。

「そうだ」中島がきっぱりと言った。「この辺で、社会正義の為に貢献すべきとは思わないか?」

「お前から、社会正義という言葉を聞く日が来るとは思わなかったよ」岡田が溜め息を吐いた後に言った。

「俺達は、確かに社会正義とは無縁の生活をしている」中島は川崎と紀子にも語りかけるように言った。「だが、殺人は特別だ」

「前にもそう言われて、俺は敢えて通報した」岡田が指摘した。

「だが、捜査本部は行き詰まっているかも知れない」中島が微妙な点を指摘した。「ここで、殺人と物取りが別々の人物によって行われた事を明らかにする事は、意味のある事だ」「それで単独取材か?」岡田が確認した。

「電話で話すだけでいい」中島が保証した。「ボイス・レコーダーは使わせない」

「ということは、お前はその知り合いと一緒に居るわけだな?」岡田が察しの良いところを見せた。「そうだ」中島は、内心感心しながら言った。「お前は、川崎と紀子さんの前で話せばいい」

「ちょっと待って下さい」紀子が口を挟んだ。「岡田さんは、まだ取材には同意していないんですよ」

「その通り」中島が言った。「だが、岡田自身が言っていたように、殺人と物取りが別々の人物である事が、この際重要になって来る」

「警察はいまだに物取り目的の殺人だと考えているのか？」川崎が口を挟んだ。

「少なくとも報道関係者にはそのように発表している」中島が応えた。「だから、単独取材で風穴を開けようとするべきだ」

「でも、それは中島さんの考えで、岡田さんの考えじゃありません」紀子がきっぱり言った。

「その通り」中島は応じた。「だから、こうして言葉を尽くして説得しているんだ」中島は今や必死だった。「単独取材に応じるべきだ」中島は言い切った。

「考えておくよ」岡田が小さく言った。

やった。中島は心の中で叫んだ。

12

「俺の携帯に電話が掛かって来ることになっている」中島が言った。

処はいつもの日比谷の喫茶店。二人共、ブレンドを飲んでいる。

「携帯か」記者は煙草に火を点けて言った。

「ボイス・レコーダーは使わない」中島が当然のように告げた。「全て、お前の記憶の中だけの話だ」

「メモは取ってもいいんだろ?」記者が確認した。

「メモはいい」中島が確認した。

「恩に着るよ」記者は言った。「我が社に何が出来る?」

中島は相手が「俺」ではなく「我が社」と言ったところに感心した。「それは相手が言うかも知れない」

「どういう人物なんだろう？」記者が知りたがった。

「自分で判断してくれ」中島が応じた。「予備的な知識を教えてはいけないと言われている」実は、その様な取り決めは岡田との間ではされていなかった。

先日、考えておくと言った岡田が、その翌日に中島へ単独取材に応じると連絡した。

中島は、考えておくという言葉は単独取材に応じるの意と捉えていた。早速、記者に連絡を取った。

「先入観無しにインタヴューしてくれ」中島が念を押した。

「分かった」記者が応じた。「今までに無い大きな借りが出来たな」

「俺ではない」中島が指摘した。「電話して来た奴への借りだ」中島が約束した通りに言った。岡田の言ったたった一つの条件である。

その時、中島の携帯電話が震えた。中島が蓋を開け着信を確認して、記者に渡した。

「もしもし」記者が言った。「取材に応じて頂いて、大変感謝しています」

電話の向こうは無言だった。記者が質問を始めた。

「現場にいらしたのですか？」

「そうです」

「部屋に死体がありましたか？」

「ありました」

「後で、警察に通報されましたか？」

「しました」

「その場で通報しなかったのには、何か訳があったからですか？」

「そうです」

「死体をよく御覧になりましたか？」

「死んでいると確認する程度に」記者が懸命にメモを取っている。

「それは、慌てなかったと取ってもいいですか？」

「いや、慌てましたよ」

「しかし、警察の発表によるとその場にいた人物に慌てた様子は無かったようですが？」

「警察はいろんな事を隠しているのかも知れない」記者のメモが続く。

「先程、死体を確認したと言われましたが、凶器に思い当たる点はありますか？」

「一般の人と同じく、殺人に関しては素人です」記者のメモが早くなる。

「それでも、第一発見者として何か感じ取った点はありませんか？」

「殺意を持って事に及んだとしか思えない」メモが一瞬止まったように、中島は思った。

「その根拠をお聞かせ願えれば有り難いのですが？」

「あの場にいたら、みんなそう思うだろうね」

記者は次第に、相手に親しみを覚えてきた。

「有り難う御座いました」記者は礼を述べた。「我が社に出来る事は何でしょうか？」

「私は殺人犯では無い。その事を承知して貰えれば結構です」

「貴重なお話を聞かせて頂いて、本当に有り難う御座いました」

そこで電話は切れた。

中島は、ふうと息を吐いた。

記者は、中島に携帯電話を返して言った。「一生掛かってもこの借りは返せない」記者は立ち上がった。「社に連絡を入れる」中島に訊いた。「俺に出来る事はあるか？」

今度は「俺」か、と中島は思った。

「せいぜい、スクープをものにしろよ」中島が応じた。

「恩に着るよ」記者は伝票を取り「また連絡をくれ」と言って店を出て行った。

中島はその後ろ姿を見ながら、今のインタヴューを思い返していた。

記者は、岡田の正体を追求しようとしなかった。流石、警視庁記者クラブのベテランである。

13

岡田のマンションで、川崎と紀子は一部始終を見て聞いていた。三人の前にはアイス・コーヒーのグラスがあった。

岡田が自分の携帯電話を切った。

「意外と短かったな」川崎が感想を言った。

「早いところ、記事にしたかったんだろう」岡田が鋭いところを見せた。

「死んでいると確認する程度に、と言った時には怖くなりました」紀子は岡田の言った事を正確に繰り返した。

「あそこはもう少し突っ込んで聞いて来るかと思ったぞ」川崎が感想を言った。

「お互いに分かっている事を質問して、時間を遣いたくなかったんだろう」岡田がまた鋭いところを見せた。

「殺意を持って事に及んだ、と言ってたな？」川崎が訊いた。

「ああ」

「最初からずっとその意見だったな？」川崎が駄目押しした。

「そうだ」

「すると」川崎が自分の推論を繰り広げた。「誰が住人を殺したか、だな」

「あの日に言ったように」岡田が思い出させた。「まず、死んだ相手に殺したい程の恨みを持つ者。次に、相手の死によって利益を得る者」

「お前の説は前者だったな」川崎が思い出して言った。

「どうしてそう思うんですか？」紀子が訊いた。

「現場の状況の印象からだよ」岡田がアイス・コーヒーを飲んだ。

「では、その線に沿って考えてみると」川崎が推論を続けた。「その住人を殺したい程恨んでいた人物は誰か？」

「近親者が一番怪しい」岡田が即答した。

「何故？」川崎と紀子が同時に訊いた。

「世の中、大抵そうじゃないか？」岡田が指摘した。「仕事関係で、其処まで捻れないだろう？」

「うーん、納得せざるを得ないな」川崎が納得しないで言った。そして、アイス・コーヒーを飲んだ。

「もし、そうだと」紀子が指摘した。「警察は近親者を調べていますよね」

「多分ね」岡田が応えた。「中島に調べて貰えば分かるだろ」

「中島は張り切っているな」川崎は感想を言った。「随分、取材を勧めていたし」

「この取材で岡田さんが困った事にはならないでしょうか？」紀子が心配して言った。

「今の遣り取りを訊いていただろ？」川崎が指摘した。「相手は岡田の正体を追求して来なかった。大丈夫だ」流石である。大事な点を見逃していない。

「それでは、後の方の考え方だとどうなりますか？」紀子が訊いた。

「相手の死によって利益を得る者」川崎が言った。「推理ドラマには、この分野が多いな。俺が支持した説でもある」

「フーダニットであると同時に」岡田が応えた。「ワイダニットでもあるな」

「何ですか、それは？」紀子が、初めて聞いたとばかりに訊いた。

「推理小説では」岡田が説明した。「まず、犯人は誰かを推論する。それをフーダニットと呼ぶんだよ。そして、犯人には殺しの動機を持たせなきゃいけない。そこで何故殺したかを推論する、ワイダニットが生まれたんだ」

「へえ、そうなのか」川崎が初めて聞いたとばかりに言った。「初耳だ」

「動機から容疑者が浮かび、探偵の推理によって犯人が絞られる」岡田が説明した。

「でも、これは現実の事件です」紀子が指摘した。「小説ではありません」

「その通り」岡田が認めた。「しかし、警察だって動機の線を当然追っているはずだ」

「それを、中島の知り合いの記者から探ろうと言うんだな」川崎が鋭いところを見せた。

「まあ、中島がやり過ぎないように祈ろう」岡田が応えた。

「どういうことですか？」紀子が敏感に反応した。「やり過ぎるとは？」

「我々の存在にクローズアップしない程度に」川崎が察し良く言った。「純粋な泥棒には手を触れないでおけと言うように」

「殺しの犯人だけを追及しろ、か？」岡田が苦笑した。「物取りの線は、後回しにして欲しいよ」

「大丈夫でしょうか？」紀子が心配して言った。

「警察だって優先順位は分かるだろ？」川崎が指摘した。「まずはケチな盗みより、殺しのホシを追うよ」

「ケチで悪かったな」岡田が気を悪くした風を装って応じた。

「岡田さんは凄い泥棒です」紀子がきっぱり言った。

何にしてもファンがいるということは良いことである。

14

「捜査本部は、殺しのホンボシを被害者と利害関係にあった者達に絞って捜査をしているらしいぞ」中島が報告した。

単独取材から三日経った日のことである。

中島は、オーダーメイドのスーツに（一体こいつは何着スーツを持っているのだ）、グッチのネクタイを、ダンヒルのタイピンで止めている。

「いい知らせだな」川崎が応えた。

「何処からの情報ですか？」中島の前ににアイス・ティーを置きながら、紀子が訊いた。

「知り合いの記者クラブのキャップだよ」中島が応えた。

「怨恨の線は？」岡田が訊いた。

「それも平行して行っているらしい」中島が応えた。「だが、そっちの線は薄いらしい」

「何故？」川崎と紀子が同時に訊いた。

「何故なら、殺したい程故人に恨みを持つ者が、周辺に居ないんだそうだ」

「じゃあ、誰が利益を得たかの方だな」川崎が喜んだ。「俺の推理通りだ」

「でも、岡田さんは怨恨説でしたよね？」紀子が言った。

「まあ、外れることもあるさ」岡田があっさり言った。「だが決着が着いたわけではない」

「そうだ」中島が補足した。「俺のコネの話によると、利益を受けた者のリストは両手ぐらい居るそうだ」

「へえ」川崎が感心した。「それで警察はその連中のアリバイを調べているわけか？」

「そうだ」中島が手榴弾の安全ピンに手を掛けた振りをした。「ところがだ」

「どうした?」川崎が親切に訊いた。

中島が手榴弾の安全ピンを抜く振りをした。「容疑者全員にアリバイがあった」手榴弾を投げる振りをした。

部屋の中は、手榴弾が爆発したようにしんとなった。

「どういうことだ?」川崎が理解に苦しむように訊いた。

「文字通りだ」中島がみんなの反応を楽しんで言った。「生命保険金の受取人にしても、その他遺産相続人にしても、みんなアリバイがあったんだそうだ」

「へえ」川崎が正直な感想を述べた。「予想外の展開だな」

「すると、これからどうなりますか?」紀子が心配して訊いた。

「コネ曰く」中島が言った。「捜査本部はまさかの線を追求するそうだ」

「まさか、とは?」川崎と紀子が同時に訊いた。

「今の日本に有りそうも無い事だが」中島が応えた。「プロの犯行の線らしい」

「プロ?」川崎がびっくりして言った。

「それって、殺し屋の事ですか?」紀子が訊いた。

「その通り」中島が感心して応えた。「有り得ると思うか?」

「プロの殺し屋ねえ」川崎が頭を振りながら感想を述べた。「そんな人間が日本に存在するのかね。外国ならいざ知らず」

「中島が言った通り、有りそうも無い事だが、有り得無い事では無い」岡田が論評した。

「何故？」川崎と紀子が同時に訊いた。

「あの現場の様子は」岡田は思い出して言った。「確かに、言われてみればプロの犯行だとも言えたな」

「どういうところがですか？」紀子が訊いた。

「殺害の目的で、殺害をした現場に見えたからだよ」岡田が応えた。「殺意を持って事に及んだとしか思えないとね」

「へえ。よく分かったな」川崎が言った。

「殺し屋がもしいるとして」紀子が言った。「どうやって依頼を受けるんでしょう？」

「その点だが」中島が口を挟んだ。「幾つかの方法があるらしい」

「幾つか？」「幾つも？」川崎と紀子が同時に訊いた。

「一つは仲介者を介する遣り方だ」中島が応えた。「依頼人はその仲介者だけに会い、殺し屋とは接触しないそうだ」

「何故？」川崎が訊いた。

「この様な場合、お互いを知らない方がお互いの有利になるからだろうね」中島が鋭いところを見せた。

「他の方法は何ですか？」紀子が訊いた。

「新聞広告に、或いは尋ね人欄にそれとなく広告を出す方法だ」

「古典的な方法だ」岡田が口を挟んだ。

「へえ。それも推理小説に有るのかい？」川崎が訊いた。

「シャーロック・ホームズを読んだだろう？」岡田が応えた。「秘密の通信に利用出来るんだ」

「でも、それは殺しの依頼ではないですよね」シャーロック・ホームズを読んでいる紀子が尋ねた。

「そう。だが応用は出来るはずだ」岡田が応えた。

「最後の方法は、いやまだあるのかも知れないが」中島が締めくくった。「俺の知り得た限りでは、ダミー会社に注文を発送する遣り方だ」

「ダミー会社ねえ」川崎が感想を漏らした。「ナントカ殺人会社とかか？」

「勿論違う」中島が川崎の冗談を無視して言った。「ナントカ・コンサルタントなんかがいいんじゃないか?」

「成る程」川崎が感心して言った。

15

「捜査本部は、容疑者のアリバイを洗い直し委託殺人の線を追っている」

記者が中島に言った。日比谷の何時もの喫茶店である。

やはり、と中島は心の中で思った。

「お前の知り合いは、殺していないから泥棒の線で追及されるぞ」

やはり、中島は思った。

「知り合いでは無い」と嘘をつき、「殺人罪で追われなければ大丈夫だろう」と言った。

「しかし、殺人現場にいた泥棒だぞ」記者が気遣わしげに言った。

「大丈夫だ」中島が相手を安心させるように言った。

「殺人を犯していないことが立証されれば、問題は無い」

そのあとの窃盗のことはともかくとして。中島は心の中で締めくくった。

参考文献

『戦争学』松村劭（文春新書、一九九八年）
『「孫子」を読む』浅野裕一（講談社現代新書、一九九三年）
『心理戦に勝つ孫子の兵法入門』高畠穣（日文新書、二〇〇一年）
『名将たちの戦争学』松村劭（文春新書、二〇〇一年）

著者プロフィール
林 孝志（はやし たかし）
東京都出身
國學院大學文学部卒業
東京都在住

悪党たちの日常

2023年５月15日　初版第１刷発行

著　者　林 孝志
発行者　瓜谷 綱延
発行所　株式会社文芸社
〒160-0022　東京都新宿区新宿1－10－1
電話　03-5369-3060（代表）
03-5369-2299（販売）

印刷所　株式会社平河工業社

ISBN978-4-286-24112-8